LE

VIIIᵉ ARRONDISSEMENT

DE PARIS

———

SOUVENIRS HISTORIQUES

———

LE
VIIIe ARRONDISSEMENT
DE PARIS
(ÉLYSÉE)

SOUVENIRS HISTORIQUES

PAR

M. Henri VIEL LAMARE

Secrétaire de l'Association polytechnique

Cet ouvrage a obtenu la médaille d'or dans le concours ouvert par la Caisse
des Écoles du VIIIe arrondissement

PARIS
LIBRAIRIE CH. DELAGRAVE
58, RUE DES ÉCOLES, 58

1877

AVIS DE L'ÉDITEUR

Le lecteur nous saura gré de mettre d'abord sous ses yeux un extrait d'un document qui lui fera connaître à la fois l'origine et la valeur de ce livre. Ce document est le rapport fait par M. Deltour, Inspecteur général de l'Instruction publique, sur le concours ouvert en 1876 par la Caisse des Écoles du VIIIᵉ arrondissement.

EXTRAIT DU RAPPORT DE M. DELTOUR.

« Messieurs, le concours de la Caisse des Écoles du VIIIᵉ arrondissement, institué il y a deux ans et inauguré par des travaux estimables, produit aujourd'hui des résultats de nature à justifier votre initiative. La question proposée cette année était : *Les Souvenirs historiques du VIIIᵉ arron-*

dissement. Nous n'avons pas reçu moins de dix-neuf mémoires, qui tous attestent de sérieux efforts et dont quelques-uns sont des œuvres d'une étendue considérable.

» La Commission que vous avez nommée pour juger ce concours se composait,

Sous la présidence de notre excellent maire, M. DALLIGNY, de MM. GALLAY, premier adjoint,

        TAILLANDIER, curé de Saint-Augustin,

        GIDEL,   ) professeurs de rhétorique au Lycée
        CUCHEVAL, (Fontanes,

        MASIMBERT, ancien professeur au même lycée,

        MAYRARGUES, ancien professeur de l'Université,

        DELTOUR, Inspecteur général de l'Instruction
            publique.

» Dans l'examen de ces mémoires votre Commission devait prendre pour base deux sortes de mérites : d'abord ceux qu'on exige de toute composition littéraire, la suite et la proportion du développement, la correction et la clarté du style, puis ceux qui conviennent particulièrement aux ouvrages destinés à la jeunesse, la simplicité et le naturel du langage, le choix judicieux des faits, une grande délicatesse morale, beaucoup de mesure dans les opinions et les jugements, l'absence des passions politiques et religieuses, en un mot un respect complet de l'âme et du cœur de l'enfant. Ces conditions sont toutes comprises dans le texte ou dans l'esprit de notre programme, dont voici les termes :

» *Les concurrents rechercheront dans les noms des quartiers, des boulevards, des places, des rues, des monuments du VIIIe arrondissement, les détails d'histoire, de géographie, de biographie, etc., qui pourront intéresser les enfants des écoles primaires,*

développer leur intelligence, ennoblir leurs sentiments, affermir
leur moralité.

» Une première et attentive lecture a décidé votre Commission à écarter douze mémoires, et à en retenir sept pour en faire l'objet d'une étude nouvelle et d'un classement rigoureux. Ce n'est pas, nous l'avons dit, que les manuscrits rejetés fussent absolument sans mérite ; mais la plupart n'avaient pas échappé au péril d'un tel sujet : ils étaient formés de la juxtaposition de pages empruntées aux dictionnaires historiques ; la composition manquait ; l'intérêt était faible ; on n'y trouvait pas ces leçons de morale que demandait votre programme, et qui tant de fois semblaient naître des noms mêmes de nos boulevards et de nos rues, comme pour le boulevard Malesherbes, comme pour les rues Boissy-d'Anglas ou Desèze ; ni l'exposition ni le ton n'étaient appropriés aux enfants des écoles primaires ; le style, quelquefois ambitieux et emphatique, quelquefois trivial, était souvent rempli de graves incorrections. Enfin, quelques-uns des auteurs, loin de rester dans cette sage réserve qui est le premier devoir de l'instituteur, avaient répandu dans leur écrit toute l'ardeur de leurs sentiments politiques et de leurs antipathies religieuses.

» Sans avoir échappé tous aux uns ou aux autres de ces défauts, les mémoires que nous avons distingués méritaient cette préférence, tantôt par l'habileté du plan et la pureté du style, tantôt par des pages réellement instructives, où se montrait la personnalité de l'auteur, tantôt par des conseils moraux propres à toucher le cœur des enfants. La générosité d'un des souscripteurs de notre Caisse des Écoles...... nous a permis de porter de trois à cinq le nombre de nos

médailles; or, sans être accusés de trop d'indulgence, nous
pouvons vous proposer d'accorder à cinq mémoires ces récompenses dont la première reste toujours notre grande médaille
d'or....; les quatre autres...... seront pour des mérites moins
complets et plus modestes un honorable témoignage et un
légitime encouragement.

» Le mémoire n° 14, qui a pour devise le beau vers de
Juvénal : *Maxima debetur puero reverentia,* est de l'avis
UNANIME de votre Commission, le premier de tous par les
qualités du fond et de la forme. Ajoutons que, à le prendre
en lui-même et sans comparaison avec les autres, il est
digne du grand prix, qu'il fait honneur à notre concours
et qu'il suffirait à lui seul pour en justifier l'institution.

» Votre Commission vous propose, Messieurs, d'inviter
l'auteur à publier son œuvre, et de contribuer nous-mêmes
à la répandre dans nos écoles par l'achat d'un certain nombre d'exemplaires. De son côté, M. le Directeur de l'enseignement primaire est prêt à nous seconder dans cette
propagande. Il est donc inutile de donner ici une longue
analyse de ce mémoire.

» Nous dirons seulement que la méthode en est heureuse
et naturelle; car l'auteur groupe les monuments pour les
décrire, les faits pour les raconter, les hommes, magistrats,
généraux, hommes d'État, financiers, savants, artistes, écrivains, pour apprécier leurs talents ou leurs vertus : grâce à
ce plan, le lecteur saisit plus nettement l'ensemble, distingue
mieux les parties, retient plus facilement les détails. D'ailleurs l'écrivain, animé par les sentiments du père de
famille, voit toujours ses enfants et ceux des autres dans
les récits qu'il leur fait; il réalise l'esprit de notre pro-

gramme, car il instruit, il intéresse, il élève, dans le vrai et noble sens du mot, en épurant les sentiments, en dirigeant les volontés vers le bien, en tenant la jeunesse dans une atmosphère sereine et pure, loin des passions qui nous agitent et nous divisent : un parfum d'honnêteté s'exale de ce livre, dont le style est naturel et distingué.

» Nous sommes heureux de dire que l'auteur se désigne lui-même comme un ancien élève de ce collège Bourbon, devenu depuis le lycée Bonaparte et le lycée Fontanes, que fréquente la jeunesse de notre arrondissement, et dans lequel quatre des membres de votre Commission s'honorent d'avoir été ou d'être encore professeurs..... »

Conformément aux conclusions du rapporteur, le Comité de la Caisse des Écoles a attribué la médaille d'or au mémoire n° 14, et l'ouverture du pli cacheté, qui l'accompagnait suivant les conditions du programme, a fait connaître que M. Henri VIEL LAMARE en était l'auteur.

Le travail couronné était précédé des lignes suivantes :

Maxima debetur puero reverentia.

« En écrivant cette monographie d'un arrondisse-
» ment de Paris, destinée aux enfants des écoles, je
» me suis efforcé de penser que je travaillais seule-
» ment pour des fillettes qui me touchent de très-près
» et à qui je porte un intérêt tout particulier.

» C'était pour moi le meilleur moyen de garder
» envers l'enfance le respect qui lui est dû, et d'éviter
» tout entraînement vers certaines anecdotes histo-
» riques ou certaines considérations politiques, quelle
» qu'en fût l'occasion et dût même la morale en tirer
» quelque profit.

» J'ai cru qu'il était possible de faire un travail à
» la fois intéressant et instructif, tout en restant
» fidèle à la devise qui figure en tête de ces lignes.

» Puisse cette opinion être celle des juges du Con-
» cours ouvert par la Caisse des Écoles du VIIIe ar-
» rondissement ! »

Mai 1876.

Le vœu qui terminait cette préface anonyme,
a été pleinement exaucé; on l'a vu par les termes
mêmes dans lesquels M. Deltour s'est exprimé au
sujet de ce livre. Nous le présentons donc avec
confiance au public.

LE VIIIᵉ ARRONDISSEMENT

DE PARIS

SOUVENIRS HISTORIQUES

CHAPITRE Iᵉʳ.

PARIS ACTUEL. — LA SEINE. — LES VINGT ARRONDISSEMENTS.

Il me semble, mes enfants, que vous saisirez plus facilement et que vous retiendrez mieux les détails que je me propose de vous donner sur le VIIIᵉ arrondissement de Paris, si vous avez déjà une idée exacte de l'ensemble de la grande ville.

Nous allons donc nous diriger d'abord vers le quai Voltaire, en face du Louvre, et nous nous arrêterons un instant devant l'une de ces maisons qui sont comme tapissées de cartes géographiques.

Là, nous chercherons un plan de Paris, et, s'il en existe plusieurs, nous choisirons pour notre examen l'un de ces grands plans bien gravés, dont les couleurs tranchantes rendent si distinctes les divisions administratives de la ville.

1

Avec un peu d'attention, vous ne tarderez pas à retrouver, sans qu'il vous en coûte beaucoup de peine, les principes qui ont présidé à l'établissement de ces divisions, qu'on appelle des *arrondissements*.

Vous remarquerez d'abord que Paris est coupé en deux parties inégales par un grand fleuve, qui a fait la fortune de Paris à son origine et qui, aujourd'hui encore, est une des causes principales de sa prospérité matérielle et de sa grande supériorité sur les autres villes françaises.

Par la SEINE, en effet, Paris est en communica-.tion directe avec plusieurs riches provinces de France et avec le monde entier; c'est-à-dire, en remontant son cours, avec la Bourgogne et la Champagne, et, en le descendant, avec la Normandie et avec l'Océan.

De plus, les grands affluents de la Seine, dont l'un, la Marne, la rejoint aux portes mêmes de Paris, mettent la capitale de la France en communication avec d'autres parties des mêmes provinces ou avec d'autres régions également fort riches. Ce sont, au-dessus de Paris, l'Aube qui dessert la Champagne, l'Yonne qui coule à travers la Bourgogne, et la Marne qui fertilise la Champagne et la Brie; au-dessous, l'Oise qui prend sa source dans le nord, et après avoir arrosé l'Ile-de-France, réunit ses eaux, grossies par l'Aisne, aux eaux du grand fleuve, à quelques lieues de Paris, et enfin, l'Eure qui vient de la Beauce et qui baigne les pâturages de la Normandie.

Ce n'est pas tout: le bassin de la Seine est relié aux bassins des autres fleuves et rivières de France et même des pays voisins, par des canaux navigables que la main des hommes a creusés, et dont l'un, qui n'est pas le moins important, débouche en Seine au centre de Paris, en face du Jardin des Plantes.

De sorte que, outre les approvisionnements qu'il doit à ses grandes routes et surtout à ses chemins de fer, Paris, par le fleuve qui le traverse et qui semble le quitter à regret, tant il fait de détours avant de se diriger vers la mer, Paris reçoit journellement d'immenses quantités de marchandises. Ce ne sont plus principalement des denrées alimentaires, comme aux xvie et xviie siècles, alors que le chroniqueur Pierre de l'Estoile disait que la Seine était la clef des vivres de Paris; ce sont surtout des matériaux de construction, des bois de chauffage, des chargements de houille, ce pain de l'industrie, et enfin, parmi les objets de consommation, les vins et les fruits: toutes choses lourdes et encombrantes, qu'il importe de transporter économiquement. Qu'y a-t-il, en effet, de plus économique que l'emploi de cette eau, qui porte les plus lourds fardeaux, qui les amène à leur destination par la seule force de son courant, qui voit enfin, quand il faut remonter ce courant, sa résistance si facilement vaincue par les moyens les plus simples : un peu de vent qui souffle dans la voile, ou un cheval qui hale le bateau du rivage? *Les rivières sont des chemins qui marchent*, a dit un grand écrivain du xviie siècle.

A cet égard, l'importance du rôle de la Seine dans le développement de Paris a été telle que son nom a été donné au département dont la capitale de la France est le chef-lieu. Cette importance n'a pas décru : car on a pu récemment prouver par des chiffres que Paris est le premier port de France, et que sur les quais de nos plus célèbres villes maritimes, qui reçoivent pourtant dans leurs rades les gros vaisseaux interdits au fleuve parisien, telles que le Havre, Marseille, Nantes ou Bordeaux, il arrive moins de marchandises que sur les quais de Paris, de Paris situé à plus de 50 lieues de la mer !

Si vous vous rappelez toutes ces notions au moment où vous .examinerez un plan de Paris, vous comprendrez bientôt, mes enfants, que la Seine est la plus remarquable des voies de communication existant dans Paris, et qu'elle doit, pour ce motif, servir de limite aux arrondissements situés sur ses rives.

J'espère même que cet examen fera naître dans votre esprit une autre idée qui ne sera pas moins juste : c'est qu'un fleuve constitue une limite d'autant plus sérieuse que ses riverains ne peuvent communiquer entre eux que par des ponts, nécessairement espacés, et que de semblables communications, suffisantes pour les habitants des diverses parties de la ville, ne permettraient pas de donner prompte et entière satisfaction aux besoins et aux intérêts spéciaux de l'une ou de l'autre de ces parties.

En comptant sur le plan les grandes divisions de Paris, représentées par des teintes différentes, vous en trouverez 20, dont 14 sur la rive droite de la Seine et 6 seulement sur la rive gauche. C'est que ce fleuve dessine dans Paris un arc de cercle presque régulier, dont le sommet passe à peu près au centre de la ville, et, comme Paris, vu d'ensemble, affecte la forme ronde, il en résulte que la portion contenue dans l'arc décrit par la Seine est de moitié moins étendue que la portion qui est située au dehors. Il vous sera facile de vous rendre compte de ce résultat, en traçant vous-mêmes avec un compas sur une feuille de papier deux cercles dont l'un passe au centre de l'autre.

Paris est en effet partagé en 20 arrondissements, séparés les uns des autres par de grandes voies de communication, dont la plus importante, après la Seine, est la ligne de boulevards qui s'allonge de la Madeleine à la Bastille et du pont d'Austerlitz aux Invalides.

On désigne ces arrondissements de deux manières : 1° par un nom spécial, tiré d'un monument remarquable, d'un accident de terrain, ou d'un souvenir historique et géographique; 2° par le numéro d'ordre que leur a donné la combinaison suivante: la série de numéros commence au centre de la ville et se développe en tournant sur elle-même, à peu près comme la maison d'un colimaçon; en sorte que les numéros 1 à 4 se trouvent au milieu de Paris, alors que les numéros 12 à 20 en forment les extrémités.

Voici leurs noms rapprochés de leurs numéros d'ordre :

1er arrondissement, arrondissement du Louvre,
2e   —   — de la Bourse,
3e   —   — du Temple,

4e arrondissement, arrondissement de l'Hôtel de Ville,

5^e	—	—	du Panthéon,
6^e	—	—	du Luxembourg,
7^e	—	—	du Palais Bourbon,
8^e	—	—	de l'Élysée,
9^e	—	—	de l'Opéra,
10^e	—	—	de l'Enclos St-Laurent,
11^e	—	—	de Popincourt,
12^e	—	—	de Reuilly,
13^e	—	—	des Gobelins,
14^e	—	—	de l'Observatoire,
15^e	—	—	de Vaugirard,
16^e	—	—	de Passy,
17^e	—	—	de Batignolles-Monceaux,
18^e	—	—	de la Butte Montmartre,
19^e	—	—	des Buttes Chaumont,
20^e	—	—	de Ménilmontant.

Chacun de ces 20 arrondissements se subdivise à son tour en 4 quartiers, pourvus aussi et d'après les mêmes règles d'un nom particulier; ce qui fait 80 quartiers pour la ville entière.

Cette division ne date que du 1er janvier 1860, époque de l'annexion à Paris des communes comprises dans l'enceinte fortifiée; ce sont ces communes qui ont formé, presques seule, les arrondissements XIIe à XXe.

Le VIIIe, ou arrondissement de l'Élysée, que nous devons étudier plus particulièrement, faisait donc partie de Paris avant cette dernière extension de ses limites.

Je dis cette dernière extension, parce qu'elle n'a

pas été la seule : Paris, en effet, a été, à son origine, restreint à l'ilot qu'on appelle encore la Cité, et ce n'est que par des agrandissements successifs qu'il est arrivé, non-seulement à ses limites actuelles, mais à celles qu'il avait en 1860.

Jetez donc avec moi un coup d'œil rapide sur l'histoire de ces agrandissements, et vous serez par là même mieux préparés à apprendre ce qu'était dans le passé l'arrondissement qui nous occupe.

CHAPITRE II.

PARIS ANCIEN. — SON ORIGINE. — SES AGRANDISSEMENTS.

Un demi-siècle environ avant l'ère chrétienne, les Romains, déjà maîtres de la Gaule transalpine, firent, sous la conduite de Jules César, la conquête de toutes les Gaules : ainsi se nommaient les vastes contrées comprises entre les Alpes, la Méditerranée, les Pyrénées, l'Océan et le Rhin.

Parmi les tribus gauloises, il s'en trouvait une qui était loin de briller au premier rang, et qu'on appelait la tribu des *Parisii*. Elle se composait de quelques pêcheurs établis dans les îles que forme la Seine un peu au-dessous de son confluent avec la Marne. Elle ne se doutait guère des hautes destinées que l'avenir lui réservait, car elle dépendait d'une tribu voisine, beaucoup plus puissante, celle des *Senones :* qui se douterait aujourd'hui que Sens a donné des ordres à Paris ?

Les Parisii végétaient donc dans leurs huttes de bois, et leur principale bourgade couvrait à peine une des îles dont je viens de parler, quand un empereur romain, Julien l'Apostat, se prit de prédilection pour la petite cité naissante, appelée alors **Lutèce**, ou ville de boue, et se bâtit, dans son voisinage, sur le versant de la colline méridionale, un palais dont on

1.

admire encore les ruines sous le nom de Palais des Thermes de Julien.

Lutèce eut alors des faubourgs qui s'étendirent du côté du midi, et qui commencèrent même à envahir, au nord, la rive droite de la Seine : mais la cité proprement dite resta resserrée dans son île, et c'est dans cet état que la trouva l'invasion des Francs.

Elle perdit bientôt le nom de Lutèce pour garder celui du petit peuple qui l'avait fondée, et s'appela définitivement PARIS.

Quand les chefs francs se partagèrent les lambeaux de la Gaule, arrachés par la barbarie germaine aux bienfaits de la civilisation romaine, l'un d'eux eut pour lot, vous vous en souvenez, le royaume de Paris, qui ne s'étendait pas bien loin, car il y avait un royaume d'Orléans et un royaume de Soissons ! Mais vint un moment où le roi de Paris fut le roi de toute la Neustrie, puis le roi de toute la Gaule, puis même l'empereur d'Occident. C'était trop, et Paris n'y gagna rien, au contraire : car l'empereur Charlemagne était plus souvent sur les bords du Rhin que sur ceux de la Seine, et, plus Germain que Gaulois, préférait l'Austrasie à la Neustrie, et Aix-la-Chapelle à Paris.

Il n'en fut pas longtemps ainsi, heureusement pour notre patrie. En 843, un traité fameux, signé à Verdun, constitua définitivement la Gaule, la Germanie et l'Italie en nationalités distinctes.

Paris redevint aussitôt la capitale du royaume, et ce royaume s'appela la FRANCE, dès qu'une race plus nationale, celle des Capétiens, se fut substituée à la race trop germanique des fils de Charlemagne.

Depuis lors, Paris ne cessa de s'agrandir, et il fallut de siècle en siècle lui donner de nouvelles enceintes.

Il y eut d'abord l'enceinte de Philippe Auguste, dont on retrouve les traces dans le Louvre et aux environs du Panthéon ; puis celle du célèbre prévôt des marchands, Étienne Marcel, qui engloba un certain nombre d'hôtels ou séjours, comme on disait alors, élevés par de riches seigneurs en dehors des limites fixées par Philippe Auguste ; cinq ans après, Charles V qui avait le goût des constructions somptueuses et qui venait de bâtir pour lui-même l'hôtel Saint-Pol, complétait l'œuvre d'Étienne Marcel, en reportant un peu plus loin la muraille du côté de l'est, et en l'appuyant d'un formidable château fort, la Bastille : la Bastille, détournée de son but primitif, devenue prison d'État, et détruite par le peuple en 1789 !

Vinrent ensuite les accroissements signalés au plan de Paris sous François Ier, et au plan dit de Louis XIII ; puis ceux qu'ordonnèrent Louis XIV et Louis XV, puis enfin l'agrandissement du 1er janvier 1860.

A ce sujet, mes enfants, vous remarquerez qu'à toutes les fois que se produisit une extension des limites de Paris, cette extension eut un effet contraire au but proposé : le but, c'était de faire entrer dans la ville des faubourgs très-populeux ; l'effet immédiat, c'était de faire surgir de nouveaux faubourgs qui se bâtissaient et se peuplaient avec une rapidité prodigieuse, tout autour de la nouvelle enceinte, si vaste qu'elle fût et si loin qu'on la portât !

Ce fait constant se reproduit encore sous nos yeux, et vraisemblablement, il se reproduira encore jusqu'au jour où Paris cessera d'exister.

Je reviens aux accroissements successifs de Paris dans le passé : voulez-vous en concevoir, d'une façon plus saisissante, toute l'importance?

Comparez entre eux, sans vous occuper, comme nous venons de le faire, des faits intermédiaires, le Paris de la domination romaine avec le Paris du XIXe siècle. Quelles différences!

Paris, c'était alors la moitié environ de l'île de la Cité : aujourd'hui, c'est une ville immense qui mesure 78 millions de mètres carrés!

L'espace encadré par la Seine et les hauteurs qui limitent son bassin sur la rive droite, Reuilly, Charonne, Ménilmontant, Montmartre, Monceaux et Chaillot, était alors une solitude composée de marais et de marécages : aujourd'hui, cette vaste étendue de terrain est couverte de maisons et de monuments, et ces collines elles-mêmes, dont la hauteur varie de 18 à 20 mètres au-dessus du lit de la Seine et dépasse 60 mètres au point culminant de Montmartre, ces collines sont, aussi bien que celles de la rive gauche, renfermées dans les murailles de Paris!

Voulez-vous, à un autre point de vue, comparer le Paris de nos jours avec le Paris d'une époque intermédiaire, assez voisine de la nôtre pourtant, celle de Louis XIII?

Écoutez ce qu'en dit un historien :

« A l'intérieur, nous voyons les rues très-étroites,

» tortueuses, bordées de loin en loin de quelques édi-
» fices somptueux ou solides, mais dont les intervalles
» étaient remplis par des maisons mal bâties, ou plu-
» tôt par de pauvres baraques. Nous y voyons l'opu-
» lence avoisinant beaucoup de misère. L'état des
» rues n'était pas plus satisfaisant que celui des
» maisons qui les bordaient : fangeuses, obstruées
» souvent par des immondices, des fumiers, et inondées
» d'eaux stagnantes et corrompues, elles blessaient
» également la vue et l'odorat.

» Paris ressemblait assez bien à un homme pauvre
» et orgueilleux qui porterait des vêtements dorés
» sur un linge sale et peuplé de vermine. »

Ah ! c'est un tout autre spectacle, n'est-ce pas, que
vous avez aujourd'hui sous les yeux, mes enfants ? En
parcourant le VIIIe arrondissement, nous aurons occasion de lire plus d'une fois à l'angle de ses rues le
nom d'un de ceux à qui Paris est redevable d'une
partie de ces heureuses transformations.

Mais avant d'aborder les détails, sachons ce qu'était
autrefois cet arrondissement, et pour ce faire, rendons-
nous compte de sa situation et de ses limites; cher-
chons quel est son rôle spécial dans la grande ruche
parisienne, son aspect général, ses mœurs, sa raison
d'être en un mot.

Vous trouverez, je l'espère, dans cette étude, qui
sera courte d'ailleurs, d'utiles enseignements.

CHAPITRE III.

Le VIIIe ARRONDISSEMENT DE PARIS est situé sur le
penchant du coteau septentrional, qui du pied de la
colline de Montmartre, s'abaisse graduellement jusqu'à
la Seine, en se courbant vers l'ouest, et prend successivement les noms de Monceaux et de Chaillot.

Ses limites sont : au midi, la Seine ; à l'ouest, l'avenue
Joséphine, la place de l'Étoile, le boulevard de Wagram ;
au nord, les boulevards de Courcelles et de Batignolles-
Monceaux ; à l'est enfin, les rues d'Amsterdam, du
Havre, de la Ferme des Mathurins, Duphot, Richepanse
et Saint-Florentin, et la terrasse des Tuileries.

Cet espace tout entier, sauf cependant quelques mètres
de terrain compris entre la rue Royale et les rues
Saint-Florentin et Richepanse, cet espace tout entier
ne faisait pas encore partie de Paris sous Louis XIII,
et n'y a été introduit que sous Louis XIV pour les trois
quarts au moins, et sous Louis XV pour le surplus.
Il n'y a donc pas tout à fait deux cents ans que ce
qui compose aujourd'hui le VIIIe arrondissement compte
dans la ville de Paris.

Est-ce à dire qu'avant le xviie siècle, cet arron-

dissement n'ait pas d'histoire ? Ce serait une erreur
de le penser. Mais on ne trouvait pas, comme aujour-
d'hui, dans les limites que je viens de vous décrire,
un tout bien uni, ayant sa vie propre; aussi n'est-ce
pas sous la forme d'un récit d'ensemble qu'il convient
de vous présenter cette histoire; c'est par morceaux
détachés que je vous la ferai connaître, au fur et à
mesure que nous rencontrerons dans notre promenade
un monument, un quartier, une rue dont l'origine ou
les vicissitudes mériteront d'arrêter votre attention.

Je vous ai dit, mes enfants, que la superficie de
Paris est d'environ 78 millions de mètres carrés ; voici
le chiffre exact : 7,802 hectares, ou 78,020,000 mètres
carrés. Si vous divisez ce chiffre par le nombre des
arrondissements, vous trouverez que chacune des vingt
grandes divisions administratives de la ville doit couvrir en moyenne 390 hectares.

Or, la superficie réelle du VIIIe arrondissement n'est
pas éloignée de cette moyenne, car elle est de 381 hectares.

Il occupe, sous le rapport de l'étendue le 11e rang
parmi les arrondissements de Paris ; en effet, dix sont
plus vastes que lui et neuf le sont moins; mais il faut
remarquer que parmi les dix arrondissements plus vastes
que le VIIIe, neuf sont formés des communes annexées
en 1860, et qu'un seul, le VIIe, appartenait à l'ancien
Paris.

La population de Paris, d'après le dernier recense-
ment fait en 1876, est de 1,986,748 habitants, ce qui
donnerait 99,337 habitants pour chacun des vingt ar-

rondissements, s'ils étaient tous également peuplés. La population réelle du VIIIe arrondissement est inférieure à cette moyenne, car elle ne s'élève qu'à 83,993 habitants, et, sous ce rapport, il n'occupe que le 14e rang, ce qui veut dire que treize ont plus d'habitants et que six en ont moins.

Si maintenant vous comparez entre eux les chiffres qui représentent la superficie et la population, aussi bien pour l'ensemble de Paris que pour le VIIIe arrondissement seul, voici les résultats que vous obtiendrez et dont je vous aiderai bientôt à tirer les conséquences.

D'abord, Paris entier :

78,020,000 mètres carrés divisés entre 1,986,748 habitants, c'est pour chacun d'eux $39^m,27^{cc}$ en moyenne;

Et maintenant, le VIIIe arrondissement :

3,810,000 mètres carrés partagés entre 83,993 habitants, c'est pour chaque habitant une moyenne de $45^m 36^{cc}$.

Qu'allez-vous conclure de là? que le VIIIe arrondissement est moins peuplé que la plupart des vingt arrondissements de Paris? Vous le savez déjà. Non, on en peut tirer une autre conclusion, c'est que la population du VIIIe arrondissement est, sinon la plus riche, du moins une des plus riches de Paris. En effet, mes enfants, s'il est vrai que la nation la plus prospère est celle qui compte le plus grand nombre d'habitants par hectare de terrain, il faut se garder d'appliquer cette règle, excellente pour un pays tout entier, aux différents quartiers d'une grande ville. C'est la règle contraire qui est vraie dans ce cas : la richesse des habitants est, dans les villes, en raison directe du nombre de mètres carrés dévolu à chacun d'eux.

Je parle ici, mes enfants, de la richesse acquise, et non de celle qui est en voie de formation par le commerce et l'industrie ; celle-ci se rencontre plus souvent dans les quartiers où la population est le plus dense et où manquent trop souvent l'espace, l'air et la lumière.

Le VIIIᵉ arrondissement est, en effet, un de ceux où la richesse acquise est le plus considérable : on y trouve de vastes hôtels particuliers, souvent entourés de cours et de jardins ; les plus modestes bordent des rues de second ordre, et les plus somptueux s'élèvent sur de larges avenues, en sorte que l'étendue de chacune de ces propriétés privées, qui abritent une seule famille, semble s'augmenter avec la cherté du terrain qu'elles recouvrent.

En voulez-vous une preuve ?

Vous savez que chaque arrondissement se subdivise en quatre quartiers ; les quatre quartiers du VIIIᵉ arrondissement sont ceux des **Champs-Élysées**, du **Faubourg du Roule**, de la **Madeleine** et de l'**Europe**.

Eh bien, de ces quatre quartiers, celui qui possède le plus grand nombre de rues sur l'espace le plus restreint est aussi celui où l'on trouve le moins d'hôtels particuliers et le plus de maisons louées par parties, c'est le quartier de la Madeleine, où l'on compte un habitant par $31^m,03^{cc}$ superficiels (790,000 mètres carrés, 25,459 habitants) ; tandis que le quartier des Champs-Élysées, avec sa vaste superficie de 111 hectares 60 ares,

vous offre à la fois les plus belles voies de communication, les plus beaux palais, peu de maisons de rapport,
et seulement 8,377 habitants, soit un habitant pour
133^m, 22 ^{cc}.

C'est qu'il n'y a guère dans le quartier des Champs-
Élysées que des fortunes faites, tandis qu'il y en a
encore à faire dans le quartier de la Madeleine; en
d'autres termes, que le commerce est presque nul dans
le premier et assez actif dans le second. Quant aux
deux autres quartiers, ils occupent à ce point de vue
entre ceux-ci une situation intermédiaire : le quartier
du Faubourg du Roule mesure 75 hect. 60 ares et compte
18,958 habitants, soit un habitant pour 40^m,35 ^{cc} et le
quartier de l'Europe, 114 hect. 80 ares, 31,199 habitants, un habitant pour 36^m,79 ^{cc}.

Pris dans son ensemble, le VIIIe arrondissement est
un de ceux qui fournissent au gouvernement, au département de la Seine et à la ville de Paris qui se les
partagent, la plus forte part dans les contributions
immobilières et mobilières et la plus faible dans la
contribution des patentes.

On peut donc affirmer que cet arrondissement est
peu commerçant et encore moins industriel; il faut
cependant faire une exception pour le commerce des
chevaux et l'industrie des voitures de luxe, qui s'y sont
établis pour se rapprocher du plus fort groupe de leurs
consommateurs. Bordé par la Seine, dont je vous ai
exposé le rôle prépondérant dans la prospérité de Paris,
le VIIIe arrondissement est le seul qui n'ait pas de port
sur les rives du fleuve, à moins que vous ne consen-

tiez à appeler de ce nom les quais où débarquent les
nombreux promeneurs que lui apportent les bateaux-
omnibus.

Si le VIIIe arrondissement n'est pas un producteur,
quel est donc son rôle dans la grande ville? C'est de
consommer ce que produisent les autres; c'est d'attirer
chez lui la population de tout le reste de Paris par la
beauté de ses places, de ses jardins et de ses monuments, c'est d'être le passage obligé des cavaliers et
des équipages qui vont au bois de Boulogne; c'est d'être
en un mot la promenade aimée des Parisiens.

Aussi est-ce l'arrondissement qui renferme propor-
tionnellement à sa population le moindre nombre d'indigents. Alors que les 20 bureaux de bienfaisance de
Paris secourent annuellement près de 44,000 ménages,
comprenant environ 114,000 individus, ce qui fait en
moyenne 2,200 ménages et 5,700 individus par arrondissement, celui du VIIIe arrondissement n'a à sa charge
que 1,250 ménages et 2,960 individus, non compris
700 personnes environ qui, sans être inscrites au bureau
de bienfaisance, sont cependant secourues par lui à titre
de nécessiteux. A l'inverse, les ressources dont il dis-
pose dépassent de beaucoup la moyenne, qui est de
52,114 fr. 03 c. elles s'élèvent à 95,000 francs environ;
aussi ce bureau est-il un de ceux où les pauvres reçoivent les secours les plus forts: de 140 à 150 francs par
ménage et 60 francs en moyenne par individu.

C'est bien faible encore, direz-vous peut-être? mais
songez qu'il ne s'agit ici que de la charité officielle, et
que son budget est limité, quoique bien fort déjà:

plus de 4 millions pour les 20 bureaux de bienfaisance, qui distribuent les secours à domicile, et plus de 27 millions pour les autres services de l'assistance publique à Paris!

Et n'est-il pas permis de penser que la charité privée s'exerce en dehors et à côté de la charité officielle? Ceux qui peuvent donner le plus ne sont-ils pas ceux qui ont le superflu? Il est vrai que les aristocratiques habitants du VIII° arrondissement sont peu sédentaires, et que leur action charitable se disperse forcément par toute la France. Il n'importe : il me semble que les indigents de cet arrondissement doivent être bien secourus, car la richesse y abonde!

Mais ce n'est pas seulement au point de vue charitable qu'il faut apprécier les bienfaits de cette richesse, et, puisque l'occasion s'en présente, laissez-moi vous dire, mes enfants, quelques mots d'une erreur funeste qui malheureusement compte encore trop de croyants, quoiqu'elle nous ait fait déjà bien du mal.

Combien d'ouvriers ne s'imaginent-ils pas, sur la foi de conseillers perfides ou ignorants, que richesse et oisiveté sont synonymes, et que quiconque vit du revenu de son capital dérobe au travail et à l'intelligence un produit qui leur revient de droit? Ceux-là oublient que le capital n'est pas autre chose que du travail accumulé, et qu'il s'est formé d'autant plus vite que le travail a été secondé par une plus grande intelligence. Ils ne songent pas qu'avec toutes les facilités que leur donnent soit la grande industrie (chemins de fer, usines, etc.), soit les emprunts des villes et des gouvernements, soit même la caisse d'épargne, il n'est personne qui ne puisse aujourd'hui arriver par l'économie à la possession d'une part de ce capital. Enfin on ne leur a pas appris, et c'est à mon sens une lacune dans l'éducation populaire, que l'intelligence, le travail et le capital sont les trois facteurs inséparables de toute production ; que rien ne se fait quand l'un de ces trois facteurs vient à manquer ; que, tout autant que les deux premiers, le capital travaille, souvent sous l'impulsion intelligente de son propriétaire, et qu'enfin ce riche, cet oisif, est lui aussi un agent très-actif du travail national. Et comment s'exerce ce travail national ? en d'autres termes, où se trouve le capital ? Il se trouve dans la terre, et la terre est fécondée par l'agriculture, c'est-à-dire par le travail et l'intelligence ; il se trouve dans les bâtiments et les machines propres à l'industrie, et l'industrie se maintient par le travail et se développe par l'intelligence ; il se trouve dans les denrées qu'achète en gros le commerce pour les revendre en détail, il se trouve dans les œuvres d'art ; et partout il vient en aide au travail et à l'intelligence qui le font valoir à leur tour.

Eh bien, mes enfants, le produit de ce capital, que je ne regrette pas de vous avoir fait connaître, même au prix d'une assez longue digression, ne se consomme pas toujours où il a pris naissance ; oh ! non, la plus forte part provient des campagnes et se dépense en superflu dans les villes, qui le rendent bientôt aux campagnes pour en tirer le nécessaire.

C'est ainsi que le VIIIᵉ arrondissement de Paris voit

se dépenser dans son sein, le plus souvent en dépenses d'agrément, une forte partie des revenus perçus dans les autres arrondissements de Paris et dans les départements, et ne tarde pas cependant à les leur restituer, en échange de leurs produits qui lui sont indispensables et qu'il ne trouve pas chez lui.

Est-ce à dire qu'il ne lui en reste rien ? Ce serait fâcheux assurément, et vous pouvez tenir pour certain que les industriels et les commerçants du VIIIᵉ arrondissement, si peu nombreux qu'ils soient, profitent largement de l'attrait qu'exercent sur les Parisiens et les étrangers la splendeur de ses palais et l'animation de ses avenues.

Résumons, mes enfants, ce que je vous ai dit du VIIIᵉ arrondissement de Paris : s'il n'est pas le premier, et tant s'en faut, par la superficie, la population, le commerce et l'industrie, il est un des premiers par la richesse, et, sans contestation aucune, le premier par ses promenades verdoyantes et ses places grandioses. Le moment est venu de l'étudier dans ses détails topographiques et historiques, et puisque je vous ai déjà nommé les quatre quartiers dont il se compose, nous commencerons cette étude par le quartier des Champs-Élysées.

CHAPITRE IV.

La croyance à une autre existence au delà du tombeau se retrouve dans presque toutes les religions, et la plupart des peuples ont admis, comme sanction des lois imposées au genre humain par la Divinité, des récompenses ou des peines éternelles dans cette seconde existence. Les anciens croyaient donc que les âmes descendaient après la mort dans un lieu situé au-dessous de la surface de la terre, qu'ils nommaient, à cause de cette situation inférieure, les *Enfers*, et qu'ils divisaient en deux parties, l'une destinée aux justes et l'autre aux méchants. La première, appelée *les champs Élysées*, était un séjour de délices, où régnait un printemps perpétuel, où l'air était embaumé par des fleurs et des arbustes odoriférants et rafraîchi par de limpides ruisseaux; la seconde, appelée *le Tartare*, était plongée dans une nuit éternelle, toujours glaciale, et remplie d'instruments de supplice.

C'est en souvenir de la définition que les poëtes grecs et romains nous ont laissée de ce paradis païen, qu'on a appelé **Champs-Élysées** la charmante et délicieuse promenade qui s'étend dans un sens de la Seine à l'avenue Gabriel, dans l'autre sens de la place de la

2

Concorde au Rond-Point, et qui se prolonge en une avenue large de 70 mètres jusqu'à la place de l'Étoile.

A son tour, la promenade a donné son nom au 29e quartier de Paris, compris entre les avenues Gabriel, Matignon, des Champs-Élysées et Joséphine, le quai de la Conférence et la terrasse des Tuileries.

Occupons-nous d'abord de la promenade. C'est, après le parc des Buttes Chaumont situé entre la Villette et Belleville, la plus vaste de Paris ; elle mesure en effet plus de 17 hectares, dont 4 en gazon, 2 en jardins et massifs, 1 en pièces d'eau, et 10 en routes et allées.

Mais si elle n'est pas la première par l'étendue, du moins l'est-elle, sans rivalité possible, par le nombre et l'élégance des promeneurs qui la fréquentent.

Presque déserts le matin, les Champs-Élysées commencent à s'animer dans l'après-midi, et, quand le temps est beau, l'avenue principale ne tarde pas à se remplir presque entièrement d'équipages et de cavaliers qui se dirigent vers le bois de Boulogne, pendant qu'une foule de promeneurs à pied, venus pour contempler cet incessant défilé, envahit les contre-allées de droite et de gauche. Le soir, pendant l'été seulement, car en hiver ils sont plus déserts que jamais, les Champs-Élysées offrent une animation extraordinaire qui fait songer à une foire perpétuelle.

L'entretien de cette promenade coûte assurément très-cher à la ville de Paris, à qui l'État en a cédé la propriété ; mais elle lui apporte un revenu annuel de 125,000 francs, dû à la location des emplacements occupés par les cafés, les restaurants, les spectacles et les jeux de toutes sortes qui y abondent, et ce revenu, directement perçu, n'est rien encore auprès de celui qu'elle en tire indirectement, grâce à l'impulsion donnée au commerce parisien par cette fête sans fin.

Il vous semble, n'est-ce pas, mes enfants, quand vous contemplez ce parc magnifique, qu'il a, sinon toujours existé dans l'état où vous le voyez aujourd'hui, au moins offert de tout temps un aspect agréable? Détrompez-vous : les Champs-Élysées n'étaient, il y a deux siècles et demi, qu'un marais encore plus marécageux, s'il est possible, que les autres parties de ce vaste marais dont je vous ai parlé et qui, au temps de la domination romaine, couvrait toute la rive droite de la Seine. C'est qu'il passait par là un ruisseau, devenu infect par les eaux ménagères qu'il recevait dans son cours, et qui s'appelait le *ru de Ménilmontant*, du nom de la colline où il prenait sa source.

Ce ruisseau coulait à travers les faubourgs Saint-Martin et Saint-Denis, passait derrière la Grange-Batelière et, par la Ville-l'Évêque, allait se jeter dans la Seine, au bas de Chaillot, après avoir coupé vers le milieu l'emplacement actuel des Champs-Élysées. Un pont, qu'on nommait le pont *Arcans*, permettait de le franchir, entre la *pépinière* et les *saussayes* qui ont donné leur nom à deux rues bien connues du VIIIᵉ arrondissement.

Ses eaux restèrent pures jusqu'au temps de Charles le Sage, sous le règne duquel un prévôt de Paris, nommé *Hugues Aubriot*, entreprit de procurer, par des canaux creusés à cet effet, l'écoulement des eaux stagnantes qui corrompaient l'air et causaient de fréquentes maladies. Le lit du ru de Ménilmontant offrait par sa situation un canal naturel à l'écoulement des eaux recueillies par les petits égouts d'Hugues Aubriot; on l'utilisa, et il se nomma dès lors le grand égout. Il était, bien entendu, à ciel ouvert, et ne fut maçonné et transformé en un véritable égout que vers 1740, plus d'un siècle après les premières plantations d'arbres sur ses rives.

Cet égout existe encore aujourd'hui, sous le nom de collecteur des coteaux, parce qu'il recueille les eaux qui descendent des hauteurs du nord de Paris. Quant au ruisseau naturel, il a disparu, mais en se formant un lit souterrain : les terrassiers le retrouvent encore sous leurs pioches, lorsqu'il leur faut creuser le sol à une certaine profondeur ; c'est ce qui est arrivé lors de la construction du nouvel Opéra.

Au commencement du xviiᵉ siècle, l'emplacement des Champs-Elysées était encore en culture et l'on n'y voyait çà et là que quelques maisonnettes de jardiniers.

En 1616, Marie de Médicis, veuve de Henri IV et régente du royaume pendant la minorité de son fils Louis XIII, fit tracer et planter de quatre rangées d'arbres, le long de la Seine, des Tuileries au coteau de Chaillot, un enclos où elle pût se promener avec les gens de la cour, soit à cheval, soit en carrosse. Cet enclos, fermé aux extrémités par des grilles et sur les côtés par des fossés, était interdit au public ; réservé à la reine, il en prit le nom, qu'il porte encore aujourd'hui, de **Cours la Reine**.

A quelques pas de là passait une grande route, ouverte dans l'axe du palais des Tuileries et se dirigeant en droite ligne jusqu'au pont de bois de Neuilly et même au delà. Les abords de cette route, qu'on appelait alors la route de Saint-Germain, qu'on a appelée depuis la route de Neuilly, et qui est en réalité la route de Normandie, et cette route elle-même furent plantés en 1670 par ordre de Louis XIV.

La promenade ainsi créée fut d'abord nommée le Grand Cours pour la distinguer du Cours la Reine. Bientôt, quand les arbres eurent donné plus de verdure et répandu plus d'agrément, un bel esprit du temps la baptisa du nom de Champs-Élysées, qu'elle a conservé jusqu'à nos jours.

Vers 1723, on ouvrit et planta les avenues d'Antin, de Matignon, Gabriel, Montaigne et de Marigny, et l'on replanta le Cours la Reine; la promenade des Champs-Élysées se trouva ainsi complétée.

Elle a subi depuis lors bien des métamorphoses, et chaque époque y a apporté son contingent d'améliorations.

Les plantations ont été entièrement renouvelées en 1770 et en 1818.

Le Directoire commença et le Premier Consul termina le mur de soutènement du quai longeant le Cours la Reine et nommé le **quai de la Conférence**, en souvenir des conférences qui se tinrent dans ce lieu pour le mariage de Louis XIV.

Ce fut aussi pendant la période révolutionnaire (1794) que furent apportés de l'abreuvoir du château de Marly pour lequel ils avaient été sculptés par Coustou le jeune,

2.

et posés sur leurs piédestaux à l'entrée des Champs-Élysées, les deux groupes en marbre, représentant chacun un cheval fougueux que retient un homme à pied, et connus sous le nom de *Chevaux de Marly*.

La translation de ces deux groupes se fit sur un chariot qu'on a déposé à titre de curiosité au Conservatoire des arts et métiers. A ce sujet, je vous rappellerai, mes enfants, que la mécanique a fait dans notre siècle des efforts plus remarquables ; il suffit de citer l'érection de l'Obélisque, la suspension de la tour Saint-Jacques-la-Boucherie pendant qu'on en rebâtissait la base, le déplacement ou l'exhaussement des fontaines de Médicis et du Châtelet.

La plus importante des améliorations qu'aient reçues les Champs-Élysées date presque de nos jours.

Avant l'avénement de Louis-Philippe, cette promenade était pour ainsi dire inabordable pendant la mauvaise saison, et elle n'offrait pas une entière sécurité. L'Administration chargea un habile architecte de remédier à ce fâcheux état de choses : c'était M. HITTORF, à qui l'on doit quelques édifices remarquables, tels que Saint-Vincent de Paul et la mairie du Iᵉʳ arrondissement, et qui est mort depuis peu d'années.

M. Hittorf entreprit aussitôt et mena à bonne fin l'œuvre d'embellissement qui lui était confiée : il commença par donner à la grande avenue un éclairage féerique, au moyen d'un très-grand nombre de becs de gaz, portés par des candélabres artistiques. Il établit ensuite des trottoirs en bitume dans les contre-allées, remplaça par d'élégantes constructions, décorées de moulures peintes, les masures qui déparaient la promenade, et érigea, dans les principaux carrés, de jolies fontaines surmontées de figures de bronze. Ce fut d'après ses indications que s'élevèrent successivement le Cirque d'été, le Panorama, le théâtre des Folies-Marigny, les cafés et les restaurants, ainsi que les boutiques uniformes en bois taillé à jour, où chacun de vous, mes enfants, peut trouver à côté du gâteau spongieux qui l'étouffe, le coco qui le désaltère, et tous les jouets possibles, depuis le cerceau d'un franc jusqu'à la balle d'un sou!

On peut affirmer aujourd'hui que les Champs-Élysées, tels qu'Hittorf les a conçus et que le service des Promenades les a dessinés et plantés, constituent pour la capitale de la France l'entrée la plus imposante et la plus agréable en même temps qu'une ville puisse désirer; peu de villes en possèdent d'aussi magnifique, si même il en existe qui puisse être comparée à cette superbe avenue, limitée à l'un de ses bouts par le coteau de Courbevoie, à l'autre par le palais des Tuileries, et coupée, vers son milieu, par l'arc de Triomphe!

Pourquoi faut-il que cette splendide entrée de Paris ait servi tant de fois dans ce siècle aux ennemis victorieux de notre pays?

L'histoire des Champs-Élysées offre en effet au Français qui aime sa patrie plus de souvenirs tristes ou amers que de souvenirs glorieux.

C'est d'abord le dernier acte des guerres civiles qui désolèrent la France à la fin du xvi⁰ siècle : Henri IV

assiégeait Paris depuis de longs mois, et Paris affamé
(Voltaire a décrit dans sa *Henriade* les horreurs de cette
famine), Paris affamé, mais retenu dans la rebellion
par les ligueurs que soudoyait l'Espagne, refusait d'ouvrir ses portes au roi légitime. Ce prince résolut d'obtenir par l'habileté de ses négociations ce qu'il ne
pouvait conquérir par les armes qu'en faisant couler
dans les deux camps le sang de ses sujets, et, le 22 mars
1594, ses troupes cachées dans les marais qui bordaient la Seine au-dessous des Tuileries, c'est-à-dire
dans l'emplacement actuel des Champs-Élysées, se pré-
sentèrent inopinément à la *Porte Neuve*, que leur ouvrirent sans bruit le gouverneur de Paris, Brissac, et le
prévôt des marchands, L'Huillier, deux hommes qu'a-
vaient, il est vrai, choisis les rebelles, mais qui préfé-
raient leur pays à leur parti.

Un demi-siècle après, les princes du sang royal
soulevaient contre la cour le peuple de Paris, et, dans
la nuit du 6 janvier 1649, le jeune roi Louis XIV, la
reine-mère Anne d'Autriche et le cardinal Mazarin,
fuyant devant la Fronde un moment victorieuse, sor-
taient secrètement de Paris, par la porte s'ouvrant sur
le quai qu'on a appelé quelques années plus tard quai
de la Conférence, et se rendaient à Saint-Germain-en-
Laye. Ils ne tardèrent pas y rentrer en maîtres par la
même porte, mais Louis XIV se sentit dès lors peu de
goût pour la ville de Paris, et bâtit son palais de Versailles, où lui-même et ses successeurs résidèrent jusqu'à
la Révolution.

En novembre 1807, nous trouvons enfin dans l'his-

toire des Champs-Élysées un souvenir de gloire, non
par l'événement qui s'y passa, mais par les victoires
dont cet événement était la conséquence.

L'épée de Napoléon Ier avait brisé la Prusse et re-
jeté la Russie dans ses steppes; la paix de Tilsitt, qui
contenait en germe de nouvelles guerres, était signée,
et le célèbre corps d'élite, connu sous le nom de la
Garde Impériale, venait de rentrer à Paris après avoir
bivouaqué en Pologne. La population parisienne, ne
pouvant fêter toute l'armée, offrit à la garde toute
entière, chefs et soldats, un banquet immense dans les
Champs-Élysées.

Hélas! quelques années après, cette belle troupe et
l'armée elle-même n'existaient plus que de nom; les
vieux soldats qui faisaient sa force avaient péri sous
le soleil de l'Espagne et dans les neiges de la Russie;
et ces mêmes Champs-Élysées, témoins des fêtes glorieuses de 1807, servaient de bivouac aux armées
étrangères, maîtresses de Paris et de la France, et
voyaient les chevaux des Cosaques de l'Ukraine manger
l'écorce de leurs arbres : « J'ai vu », dit le poëte des
Iambes,

> J'ai vu l'invasion à l'ombre de nos marbres
>   Entasser ses lourds chariots;
> Je l'ai vue arracher l'écorce de nos arbres
>   Pour la jeter à ses chevaux;
> J'ai vu l'homme du nord. . . . . . .

En 1770, on avait dû renouveler les plantations des
Champs-Élysées, parce qu'un hiver rigoureux les avait

détruites; comprenez-vous pourquoi, mes enfants, il a fallu les renouveler encore en 1818?

Sauf quelques fêtes publiques et quelques revues militaires, les Champs-Élysées n'ont pas d'histoire de 1815 à 1870. Mais alors recommence le deuil de notre patrie, les mêmes causes produisant les mêmes effets!

Paris, après cinq mois de siége, cinq mois de famine et de misère dans le plus rude hiver qui ait été, Paris est forcé d'ouvrir ses portes à une armée allemande, qui marque sa prise de possession de la ville par une promenade de deux jours dans les Champs-Élysées!

Nous sommes encore, mes enfants, sous le coup de ces désastres, et il nous faudra de longues années de sage patriotisme pour retrouver notre situation ancienne, pour avoir nos frontières, je ne dis pas de l'année 1800, mais de l'année 1790!

Je m'aperçois, mes enfants, que j'ai fait une omission grave, mais je ne la regrette pas, car je trouverai l'occasion, en la réparant, de terminer ce chapitre par un souvenir historique plus consolant que tous ceux qui précèdent. Je veux parler de la première Exposition universelle qui ait eu lieu en France (la seconde qui ait eu lieu dans le monde entier), et pour laquelle a été édifié dans les Champs-Élysées le Palais de l'Industrie.

CHAPITRE V.

Au début du règne de Louis XV, on comptait dans
Paris deux académies des beaux-arts, l'Académie royale
de peinture et sculpture et l'Académie de Saint-Luc.
La première existe encore ; elle forme une des sections
de l'Institut de France sous le nom d'Académie des
beaux-arts, et comprend, non-seulement des peintres
et des sculpteurs, mais aussi des musiciens, des gra-
veurs et des architectes.

Malgré la rivalité des deux corporations, l'art français était menacé dans sa prospérité, et l'Académie
royale résolut d'arrêter cette décadence. Elle imagina,
avec l'appui du gouvernement royal, d'exciter l'émulation parmi les artistes, en faisant exposer leurs
ouvrages et en les soumettant au jugement du public.
Elle était d'ailleurs encouragée dans cette voie par
l'exemple de quelques expositions faites sous Louis XIV
par les artistes affiliés à l'Académie de Saint-Luc.

La première des expositions eut lieu dans le grand
salon du Louvre en 1737 ; elle dura douze jours
seulement, du 18 août au 1er septembre. Elle ne com-

prenait d'ailleurs que 220 articles, les membres de
l'Académie royale ayant seuls le droit d'y exposer leurs
œuvres.

Cette exposition se renouvela tous les ans jusqu'en
1745, date à partir de laquelle elle n'eut plus lieu que
tous les deux ans. Cet ordre de choses dura jusqu'à
la Révolution : un décret de 1791 autorisa tous les
artistes français et étrangers à participer aux expositions; il fallut ajouter aux salles qui avaient servi
jusqu'alors, la galerie d'Apollon tout entière et même
une partie de la grande galerie du bord de l'eau ; et, en
1796, l'abondance des œuvres exposées fut telle qu'on
rétablit aussitôt l'exposition annuelle.

On éprouva ainsi, au point de vue de l'émulation
qu'on cherchait à provoquer, la supériorité du système
qui consistait à admettre tous les artistes, sur celui qui
restreignait à quelques hommes déjà connus le droit
de se faire juger par le public.

Ce système eut un autre effet, ce fut de faire disparaître la vieille Académie libre de Saint-Luc, qui avait
organisé de son côté en 1762 et en 1774 des expositions assez remarquables et favorisées d'ailleurs par
l'exclusion dont l'Académie royale frappait les artistes
qui ne lui appartenaient pas.

L'exposition des beaux-arts a continué de s'ouvrir
chaque année, ou de deux en deux ans; après avoir
occupé successivement divers locaux, plus ou moins
bien situés, elle est depuis près de 20 ans en possession
du **Palais de l'Industrie**; elle dure généralement
six semaines et comprend près de 4,000 numéros:

comme vous le voyez, mes enfants, nous sommes loin des 220 articles de 1737!

C'est la République française qui fit pour l'industrie ce que la monarchie avait eu l'intelligence de faire pour les beaux-arts.

La première exposition des produits de l'industrie fut organisée en 1798 par François de Neufchâteau, ministre de l'intérieur sous le Directoire exécutif. En fait, elle fut presque entièrement réservée à l'industrie parisienne. Elle se tint au champ de Mars, où étaient célébrées des fêtes qui cherchaient à rappeler les jeux Olympiques de la Grèce. On y décerna, en effet, des prix, non-seulement aux exposants des arts industriels, mais aux vainqueurs des luttes, des courses à pied, des courses à cheval et des courses en char.

En l'an IX (1801), sous le Consulat, le ministre de l'intérieur Chaptal renouvela cette exposition au Louvre, après avoir écrit aux préfets des départements pour les engager à stimuler le zèle des manufacturiers.

Ces sortes d'expositions devaient être annuelles, mais à cause des guerres perpétuelles de cette période de notre histoire, elles n'eurent lieu qu'en l'an X (1802) et en 1806. Le nombre des exposants avait été de 220 en 1801, de 540 en 1802, et de 1,422 en 1806. Le succès de la mesure due au Directoire était dès lors assuré, et la quotité des articles exposés ne devait plus aller qu'en s'accroissant.

Reprises au Louvre sous le règne de Louis XVIII et le ministère du duc Decazes, les expositions eurent lieu, pendant la Restauration, de quatre ans en quatre ans, 1819, 1823, 1827.

Mais les bâtiments du Louvre ne suffisaient plus ; Louis-Philippe décida que les expositions se feraient dans des locaux plus vastes et qu'elles n'auraient plus lieu que tous les cinq ans ; ce qui s'effectua dans les années 1834, 1839, 1844 et 1849. La première se tint sur la place de la Concorde, qui n'avait pas encore reçu sa décoration actuelle ; la distribution des récompenses fut présidée, comme elle l'avait été pendant la Restauration, par le roi en personne, mais on y put remarquer une heureuse innovation : quelques exposants qui s'étaient distingués par leurs produits d'une façon toute partciulière reçurent la croix de la Légion d'honneur.

L'Exposition de 1839 eut lieu sur le grand carré Marigny, où se célébraient tous les ans des fêtes publiques, et où s'élève actuellement le Palais de l'Industrie. Cette amélioration importante fut due à l'initiative de M. THIERS, alors ministre.

Celles de 1844 et 1849 eurent lieu sur le même emplacement ; elles comptèrent, l'une 3,960 exposants, l'autre 5,494.

Le succès des expositions nationales françaises encouragea le prince Albert, époux de la reine d'Angleterre, à provoquer des expositions internationales destinées, non plus à encourager l'industrie d'un pays, mais à favoriser le développement du commerce universel et à faire la propagande des principes du libre échange. On était loin du temps où François de Neufchâteau récompensait le citoyen Conté pour l'invention d'un crayon, parce qu'il permettait de se passer de l'Angleterre !

La première exposition internationale se tint en 1851, à Londres, dans un palais construit à cet effet et connu sous le nom de Palais de Cristal.

La seconde devait avoir lieu en France : elle s'ouvrit, en effet, en 1855, dans le Palais de l'Industrie, construit dans ce but pendant les deux années précédentes, en vertu d'un décret du Président de la République en date du 27 août 1852, sur l'emplacement qu'avaient occupé jusqu'alors les expositions quinquennales de 1834 à 1849, c'est-à-dire dans le grand carré Marigny.

Occupons-nous de ce palais.

Il forme un immense parallélogramme, de 250 mètres sur 110 environ; le style en est simple, mais l'ensemble de cette construction en pierres de taille est d'un aspect un peu lourd, malgré les 400 fenêtres qui l'éclairent et les ailes en avant-corps qui rompent la monotonie des façades.

Tout autour du monument règne une frise sur laquelle sont inscrits en lettres d'or les noms de tous ceux qui ont marqué dans les sciences, les arts, l'économie politique et l'industrie.

L'entrée principale s'ouvre dans le pavillon central, du côté des Champs-Élysées; elle se compose d'une immense arcade en saillie, limitée à droite et à gauche par des colonnes, et surmontée d'un attique, que décorent un bas-relief et des médaillons de grands hommes. Deux groupes de génies soutiennent un écusson, de chaque côté d'une statue colossale de la France couronnant l'Art et l'Industrie, assis à ses pieds. Les artistes qui ont travaillé à la décoration de ce palais, sont MM. Regnault, Diéboldt, Desbœufs et Villain.

Si l'aspect extérieur du Palais de l'Industrie paraît lourd, il n'en est pas de même à l'intérieur, où l'emploi du fer et du verre ont permis à l'architecte d'établir une nef grandiose, qui ne mesure pas moins de 192 mètres en longueur, 48 en largeur et 35 en hauteur.

Autour de cette nef se trouvent deux galeries, l'une au rez-de-chaussée, et l'autre au premier étage formant balcon sur la nef centrale. De larges escaliers, situés dans les pavillons d'angle, conduisent à la galerie supérieure, qu'éclairent les nombreuses fenêtres ouvertes sur les quatre façades. Quant à la nef, elle jouit d'un éclairage splendide, n'ayant d'autre toiture qu'une voûte en verre dépoli. A ses deux extrémités, on remarque de superbes vitraux, sortis des ateliers de M. Maréchal, de Metz, et représentant : *la France conviant toutes les nations à l'Exposition universelle de 1855*, et *la Bonne Foi présidant au commerce international*.

Ce fut un spectacle vraiment magnifique que celui de cet immense palais rempli des merveilles de l'industrie de tous les peuples, et trop exigu cependant pour les contenir toutes, car les Champs-Élysées presque entiers lui servaient d'annexes. C'était la première fois qu'un pareil spectacle était offert aux Parisiens, et ce fut alors le VIIIᵉ arrondissement qui eut l'honneur de recevoir chez lui toutes les nations accourues pour

assister à la fête par excellence, à la fête de la paix
et du progrès. Nous avons vu en 1867 ce merveilleux
spectacle se renouveler, non plus au même palais,
mais dans un palais provisoire, beaucoup plus vaste,
car il occupait tout le Champ de Mars. Quelques années
après, de grands malheurs ont fondu sur nous, mais
Dieu merci! la France n'en est pas morte, et elle
s'apprête à le faire voir, en conviant pour la troisième
fois le monde entier à une exposition universelle de
l'industrie et des beaux-arts, qui s'ouvrira en 1878 et
qui promet de surpasser encore en splendeur celles
de 1855 et de 1867.

La première a été visitée par 4,593,000 personnes
et la seconde par plus de 9 millions : si la progression
est la même, quel nombre inouï de visiteurs se ren-
dront à la troisième!

Mais revenons au Palais de l'Industrie, qui n'a pas
été, comme vous pourriez le croire, mes enfants, désert
et abandonné après l'Exposition de 1855. Il n'a pas
cessé, au contraire, d'abriter quelque curieuse exposition et d'attirer la foule dans le quartier des Champs-
Élysées. Tous les ans, au printemps, il s'ouvre pendant quelques semaines pour l'exposition des œuvres
des artistes vivants : les peintures et les dessins
occupent les parois des galeries supérieures, et les
sculptures se dressent dans la nef centrale, au milieu
des arbustes et des fleurs qu'expose en même temps
la Société nationale d'horticulture.

Mais ce n'est pas tout : cette nef qui était hier un
jardin magnifique se transformera demain en un Champ

de Mars sablé où se montreront les plus beaux spéci-
mens de la race chevaline, où les plus forts écuyers
de l'armée viendront donner un splendide carrousel.
Un autre jour, le Palais de l'Industrie abritera, soit les
produits de l'Algérie et des colonies françaises, soit
les travaux des plus habiles photographes, soit les
meubles et les tapisseries antiques, etc. Tantôt on y
trouve l'exposition des arts industriels, tantôt celle de
l'industrie fluviale et maritime. En un mot, le Palais
de l'Industrie offre toujours quelque spectacle attrayant,
où chacun de nous, depuis le savant jusqu'à l'écolier,
depuis le patron jusqu'à l'ouvrier, peut s'instruire en
s'amusant!

CHAPITRE VI.

LE CIRQUE ET LE PANORAMA NATIONAL. — LES MARIONNETTES
ET LES CAFÉS-CONCERTS.

Vous avez dû remarquer, mes enfants, un peu au-dessus du Palais de l'Industrie et de chaque côté de la grande avenue, deux monuments formant rotonde et précédés d'un portique : c'est à droite le **Cirque**, et à gauche le **Panorama national**.

Rien de plus élégant et de plus artistique en même temps que le Cirque, avec sa frise polychrome ornée de têtes d'animaux, son fronton sculpté, la statue équestre en bronze couronnant son portique, et ses bas-reliefs qui représentent des courses à pied et en char, Apollon et les neuf Muses!

Les artistes qui ont orné ce monument, destiné aux exercices des plus agiles écuyers et des plus forts gymnastes des deux mondes, s'appellent Pradier, Marneuf, Husson, Duret et Bosio.

Le Cirque des Champs-Élysées ne s'ouvre que l'été; la troupe qui l'exploite donne ses représentations d'hiver dans un autre cirque, construit sur un plan analogue, mais dans de plus larges proportions, au boulevard des Filles-du-Calvaire.

Tous deux sont également remarquables par l'élégance de leur charpente, et leur solidité ; cette dernière qualité n'est pas la moins nécessaire, dans un théâtre qui peut donner place à plus de cinq mille specta- teurs : aussi les gradins destinés à ce nombreux public reposent-ils sur des assises de pierre.

Si le Cirque n'a pas d'histoire, il n'en est pas de même du Panorama national qui lui fait pendant.

Le premier panorama qu'on ait vu dans Paris était établi dans les jardins du couvent des Capucines. Ces jardins, devenus sans emploi après 1790, par la suppres- sion des couvents, avaient été transformés en une pro- menade publique, et furent pendant 16 ans le séjour des jeux et des amusements; c'était, pourrait-on dire, les Champs-Élysées de ce temps-là.

En 1806, le percement des rues de la Paix et Neuve- des-Capucines fit disparaître le couvent et ses jardins, et le Panorama se transporta dans les Champs-Élysées, sur les bords de la Seine, là où se trouvent aujourd'hui les concerts-promenade. Il y prit, quelques années plus tard, une importance qu'il n'avait jamais eue, grâce aux efforts intelligents d'un ancien colonel de l'armée, qui était en même temps un artiste, le *colonel Lan- glois* : tout Paris alla voir son tableau, si saisissant, de la bataille d'Eylau.

Ce n'est qu'à l'occasion de l'Exposition universelle de 1855 et pour lui faire place, que le Panorama fut établi dans l'élégante rotonde qui l'abrite aujourd'hui.

La faveur du public le suivit dans toutes ces pérégri- nations, sans se lasser jamais.

Le spectacle qu'il offre est en effet merveilleux, bien

que par la force des choses il ne puisse être très-varié, peu de personnes pouvant en jouir en même temps. Dans un panorama, mes enfants, le spectateur se place au milieu même de l'action que représentent les peintures fixées sur les parois cintrées de l'édifice et qui semble, par une illusion d'optique absolument complète, embrasser une étendue de plusieurs lieues.

L'action représentée est presque toujours une grande bataille ; c'est ainsi qu'après Eylau et sa fameuse charge de cavalerie, nous avons successivement admiré dans ce petit monument le siége de Sébastopol, la bataille de Solférino, etc. Aujourd'hui encore, quiconque a passé dans Paris les terribles mois de l'hiver de 1870-1871, se sent le cœur serré en y retrouvant, sur les murailles qui l'entourent, l'aspect désolé des collines d'où l'armée allemande bombardait Paris !

On peut affirmer que le Panorama national est un établissement sans rival en Europe et qui mérite qu'on ne passe pas auprès de ses portes sans y frapper.

Près du Cirque et dans le même carré, se trouve un petit théâtre qu'on appelle aujourd'hui les Folies-Marigny ; on n'y a pas toujours fait jouer des vaudevilles et des opérettes par des acteurs en chair et en os, devant des spectateurs portant barbe au menton. Ç'a été longtemps un théâtre à l'usage des enfants, et l'on y faisait, pour leur amusement particulier, de la magie blanche et de la fantasmagorie ; quand on y jouait des pièces, les acteurs étaient de bois ou de carton et obéissaient passivement à la ficelle que manœuvrait une main exercée.

3.

Aujourd'hui les **marionnettes,** qui ont fait leur première apparition à Paris sur le Pont-Neuf, qui ont suivi la foule dans ses divers lieux de prédilection, les marionnettes pullulent dans les Champs-Élysées. Elles n'ont plus, il est vrai, à leur disposition le théâtre Marigny trop vaste pour elles, mais elles occupent de petites baraques en bois élégamment peint, qui s'intitulent presque toutes *le Théâtre de Guignol,* du nom de leur principal acteur.

Les spectateurs ne leur manquent pas : en deçà de la corde qui limite le domaine de l'impresario, les enfants occupent, en les payant, des places privilégiées; au delà se forme le plus souvent un rassemblement de passants, arrêtés pour jouir gratuitement du spectacle, et parmi ces passants se glissent quelquefois des hommes sérieux qu'on ne s'attendrait guère à voir en cet endroit.

Un écrivain célèbre, Charles Nodier, raconte quelque part qu'il prenait un plaisir extrême à voir jouer les marionnettes, et il n'y a pas encore longtemps qu'un vieux professeur de mes amis, homme d'un esprit très-fin, peut-être un peu paradoxal, me disait que le théâtre de Guignol était pour lui une occasion d'études morales et de réflexions patriotiques : ne prétendait-il pas qu'il y avait trouvé une des causes des malheurs éprouvés par la France en ce siècle? Il s'indignait que, dans la plupart des pièces jouées devant de jeunes intelligences, chez lesquelles la première impression est si vivace, Polichinelle battît toujours le commissaire ou les gendarmes, et que ce vaurien, ce pendard semblât toujours l'emporter sur les représentants de la loi! Il concluait de là que les générations actuelles avaient appris ainsi à mettre leurs fantaisies individuelles au-dessus du principe d'autorité, et qu'il était impossible qu'elles formassent une nation fortement organisée!

Je ne veux pas rechercher ici s'il avait raison, je vous ai cité cette boutade, mes enfants, parce qu'elle m'a paru originale. Mais je vous dirai, même en me plaçant au point de vue de mon vieux professeur : vous pouvez, sans craindre d'énerver à l'avance les forces vives de votre pays, vous arrêter devant Guignol, car dans les drames qu'on y représente aujourd'hui et qui sont beaucoup plus variés que jadis, la vertu est toujours récompensée et le vice toujours puni : s'il arrive à Polichinelle de battre le commissaire, au dénoûment Polichinelle est condamné à mort et pendu haut et court, à la grande joie des bambins qui ont suivi la pièce.

Je ne veux pas quitter ce sujet sans faire un rapprochement qui a quelque analogie avec les réflexions chagrines du vieux professeur.

La mode des pantins, pendant une partie du règne de Louis XV, occupa à un tel point les Parisiens et presque tous les Français, qu'on voyait, dit un historien, dans les rues, dans les salons, non-seulement des enfants, mais des hommes avancés en âge, des magistrats même! tirer de leur poche une marionnette, la tenir d'une main et agiter de l'autre le fil qui la faisait mouvoir.

Plus récemment, n'avons-nous pas vu une espèce
de marionnettes, déguisé? sous Je nom étranger de
Pupazzi, obtenir une vogue immense dans les salons
et même à la cour?

Un tel goût, se signalant dans des milieux si différents, à des époques si éloignées, mais si ressemblantes
par les revers de notre pays, un tel goût pour les futi-
lités serait-il donc un signe de décadence? Ce qui peut
nous rassurer à cet égard, c'est qu'aujourd'hui on ne
joue plus aux marionnettes, et que la génération qui
a succédé à celle du temps de Louis XV a su montrer
à toute l'Europe coalisée qu'elle avait de la vigueur et
de l'énergie. Espérons qu'il en sera de même de la
génération qui grandit aujourd'hui, et laissons là Guignol, dont nous avons peut-être trop parlé déjà, en
bien comme en mal, et qui n'a mérité

Ni cet excès d'honneur, ni cette indignité.

A côté des spectacles appropriés à leur âge, les enfants trouvent encore dans les Champs-Élysées d'autres
jeux : les chevaux de bois, les balançoires, etc. Tout
cela, quand vient la nuit, disparaît pour faire place à
des spectacles moins enfantins : les **Concerts-promenade** et les **Cafés-concerts**. Je ne veux, mes enfants,
vous parler de ces établissements, qui au point de vue
économique sont très-productifs pour le VIIIe arrondissement, que pour avoir l'occasion de vous donner quelques renseignements intéressants sur l'origine des Cafés
et sur l'éclairage des rues de Paris.

En 1669, *Soliman Aga*, ambassadeur de la Porte

Ottomane près Louis XIV, introduisit l'usage du café à Paris. La cour fut d'abord seule admise à boire la liqueur brune que ce Turc obtenait avec la graine d'une plante qui ne poussait alors que dans les possessions de son maître. La cour y prit goût, et de la cour la vogue du café ne tarda pas à gagner les bourgeois et les marchands.

On ne pensait pas alors que cette vogue durerait, et, si l'on en croit une tradition discutable peut-être, madame de Sévigné, qui n'aimait pas beaucoup Racine, aurait dit : « Racine passera comme le café. » Dieu merci! nous admirons encore Racine, et l'on boit du café dans les plus humbles villages.

Quoi qu'il en fût, l'usage de cette liqueur n'avait pas dépassé les limites de la vie privée, quand un Arménien, nommé *Pascal*, s'avisa d'ouvrir à la foire Saint-Germain un cabaret où il ne vendait que du café. Le temps de la foire écoulé, Pascal transporta son établissement au quai de l'École et la foule l'y suivit.

Cependant la mode s'en passait, et le mot qu'on attribue à madame de Sévigné semblait près de se justifier, au moins en ce qui touche le café, quand le Sicilien *Procope* ouvrit un nouvel établissement près de la Comédie, après avoir toutefois commencé par la foire Saint-Germain, où il avait un établissement très-orné et où le café était bon.

Le Café du Sicilien Procope devint le rendez-vous des gens de lettres et des beaux-esprits, et bientôt il eut de nombreux rivaux. Sous Louis XV, on ne comptait pas moins de 600 établissements de ce genre dans Paris seulement.

Aujourd'hui leur nombre est peut-être décuplé, mais, sous le nom de Cafés, ces établissements débitent toutes sortes de boissons dont quelques-unes sont inoffensives et dont quelques autres sont de véritables poisons; on y trouve en effet le vin, qui est la boisson française par excellence et qui pris modérément fortifie le corps et aiguillonne l'esprit; la bière, cette boisson allemande qui alourdit l'un et l'autre; la glace et les sirops qui désaltèrent, enfin l'alcool et cette terrible absinthe qui peuple nos asiles d'aliénés!

Les Cafés sont fort nombreux dans les Champs-Élysées; ils offrent dans la journée des rafraîchissements et du repos aux promeneurs fatigués, et, le soir, quelques-uns procurent aux Parisiens, que la chaleur empêche d'entrer dans les théâtres, un spectacle en plein air, composé de chansonnettes et d'airs d'opéra, de pantomimes et de vaudevilles.

Les nombreux candélabres qui les éclairent viennent s'ajouter à ceux que l'administration a prodigués dans les Champs-Élysées, et le tout ensemble présente un aspect unique et vraiment féerique.

Nous sommes loin, mes enfants, du temps où le lieutenant de police, LA REYNIE, voulant purger la ville des bandits qui l'infestaient, et ne se contentant pas d'avoir donné à la police une organisation régulière, prescrivait l'éclairage nocturne des rues de Paris au moyen de lanternes.

Son arrêté de 1667 ordonnait qu'il y aurait dans

chaque rue trois lanternes, une à chaque extrémité et
une au milieu (avant lui, on s'éclairait au moyen de
lanternes portatives, ou bien, en cas de danger signalé
aux habitants, ceux-ci devaient accrocher des lanternes
à leurs fenêtres). Je dois dire que dans les rues de
grande longueur il exigeait plus de trois lanternes :
il est évident que ce nombre eût été dérisoire dans la
rue Saint-Honoré, par exemple. Ces lanternes n'étaient
pas éclairées à l'huile; elles ne contenaient qu'une simple chandelle.

Cent ans après, en 1766, les réverbères furent subs-
titués aux lanternes de La Reynie, et l'on voit qu'en
cette année, la ville fit marché avec un entrepreneur
pour la fourniture de 3,500 réverbères, produisant
7,000 becs de lumière, à raison de deux par réver-
bère.

Savez-vous, mes enfants, combien il y a de becs
aujourd'hui dans Paris? près de 35,000, et vous n'ignorez pas que ce ne sont plus des lampes à huile, mais
des becs de gaz; c'est-à-dire qu'on a substitué dans
ce siècle, grâce à un Français qui en a eu le premier
l'idée en 1785, à un mode d'éclairage médiocre, un
système dont le pouvoir éclairant est de beaucoup
supérieur. Aussi les rues de Paris sont-elles très-claires
pendant toute la nuit; eh bien, dans cette profusion
de lumière, les Champs-Élysées ont encore la plus
large part, et c'est là, je vous le répète, une de leurs
beautés: Hittorf en avait fait le premier article de son
programme d'embellissement, mais son rêve a été
dépassé par le secours inattendu qu'apportent à son

œuvre, dans les soirées d'été, les Concerts-promenade et les Cafés-concerts.

Il faut enfin nous arracher, mes enfants, à ces Champs-Élysées, si curieux à tant de titres. Nous avons encore une longue route à parcourir avant d'avoir vu tout ce qui mérite examen dans le VIIIe arrondissement, et je ne vous ai pas encore fait connaître tout le quartier auquel les Champs-Élysées ont donné leur nom.

CHAPITRE VII.

DEUX SOUVENIRS ARCHÉOLOGIQUES. — LA MAISON DE FRANÇOIS Ier
ET LA MAISON DE DIOMÈDE.

Entre l'avenue d'Antin et l'avenue Montaigne (on appelait autrefois cette dernière : *allée des Veuves*, à cause de son aspect alors triste et solitaire), s'élèvent de superbes hôtels, dont quelques-uns sont de véritables œuvres d'art. Deux de ces édifices particuliers méritent plus encore que les autres que nous leur consacrions un instant d'attention : ce sont les hôtels connus sous les noms de **maison de François I**[er] et **maison de Diomède**.

C'est en 1822 seulement que l'on commença de bâtir dans le marais que limitaient les deux avenues d'Antin et des Veuves, et peu de constructions s'y faisaient voir encore en 1826 : à cette époque, le gouvernement vendit à un amateur un pavillon qui avait été élevé en 1572 à Moret, dans la forêt de Fontainebleau, pour y servir de rendez-vous de chasse, et qui offrait un remarquable spécimen de l'architecture de la Renaissance.

L'acquéreur de ce pavillon en fit transporter les matériaux à Paris, sur un terrain situé au Cours la Reine, et le fit reconstruire sur un nouveau plan : il n'était pas, en effet, à Moret ce qu'il est aujourd'hui, la façade actuelle ornait l'intérieur d'une cour.

Tel qu'il a été réédifié, ce pavillon, qu'on appelle bien à tort *maison de François Iᵉʳ*, puisque en 1572, date de sa construction à Moret, ce prince était mort depuis 28 ans ; ce pavillon qui semble dater d'hier, tant il est solidement bâti et bien entretenu ; ce pavillon, dis-je, forme un carré parfait, exhaussé par une terrasse, et composé d'un rez-de-chaussée et de deux étages surmontés d'un attique.

Voici, mes enfants, ce que je signalerai à votre admiration dans chacune de ces parties :

Au rez-de-chaussée trois belles arcades, au-dessus desquelles règne une frise rehaussée d'ornements et de médaillons représentant Marguerite de Navarre, Anne de Bretagne, Diane de Poitiers, et les rois Louis XII, François Iᵉʳ, Henri II et François II ;

Aux deux étages, de petits et élégants pilastres que couronnent autant de chapiteaux délicatement sculptés aux quatre angles ;

Enfin, à l'attique, des bas-reliefs figurant des génies qu'enlacent des guirlandes de fleurs et de fruits et qui portent des écussons aux armes des rois de la race des Valois.

Sur la façade postérieure on lit un distique latin, qui peut se traduire ainsi : « *Celui qui sait mettre un* » *frein à sa langue et dompter ses sens est plus fort* » *que celui qui emporte les villes d'assaut.* »

On attribue à JEAN GOUJON les sculptures qui décorent ce gracieux monument; elles sont en tous cas dignes de son ciseau, et il faut assurément savoir gré au constructeur de 1826 d'avoir sauvé ces chefs-d'œuvre qui étaient condamnés à disparaître, et de les avoir mis à la portée des regards de tous, en les transportant dans le plus beau quartier de Paris.

A quelques pas de là, sur l'avenue Montaigne, se montre depuis une quinzaine d'années la *maison de Diomède*, ou le *palais Pompéien* : on lui donne indifféremment l'un ou l'autre nom.

Ce palais, qui doit son existence à une fantaisie princière, est la reproduction exacte de la maison d'un riche Romain du premier siècle après J.-C., et il offre au curieux comme au savant un abondant sujet d'études artistiques et archéologiques.

Vous savez, mes enfants, que le Vésuve est un des rares volcans non éteints qui existent encore en Europe, et qu'il domine la ville de Naples de ses hautes cimes toujours fumantes. Il n'y a pas encore longtemps qu'il couvrait de cendres et de laves toute la campagne qui l'environne.

Au commencement de l'ère chrétienne, il existait aux pieds du Vésuve, entre Naples et le volcan même, deux riches cités nommées *Pompéi* et *Herculanum*. En l'année 79, une éruption soudaine du Vésuve ensevelit complétement ces deux cités, et leur désastre fut si rapide que les habitants de Pompéi, sinon ceux d'Herculanum, ne purent se sauver et périrent étouffés dans leurs habitations.

Le souvenir de ces deux cités disparut complétement de la mémoire des hommes, et ce n'est que dans la seconde moitié du XVIIIe siècle que des fouilles furent pratiquées sur leur emplacement, découvert par des circonstances fortuites.

Les Français, maîtres de Naples pendant toute la période de la Révolution et de l'Empire, poursuivirent activement les recherches, qui n'ont pas, depuis lors, cessé d'être faites par ordre des gouvernements italiens.

Les découvertes qu'on y a faites ont été remarquables à plusieurs égards : les palais, leur ameublement, leurs peintures, tout enfin a été retrouvé dans un état parfait de conservation; même les corps humains, ensevelis sous les cendres du volcan, y ont laissé, en se détruisant avec le temps, une cavité qu'il a suffi d'emplir de plâtre à modeler, pour reproduire leur forme et leur situation au moment du cataclysme.

La découverte de Pompéi a valu au monde moderne d'intéressantes révélations sur les usages, les coutumes, la vie publique et privée des anciens, sur leur architecture et sur tout ce qui tient aux arts du dessin ; aussi a-t-elle produit une véritable révolution dans les arts décoratifs et dans l'orfévrerie.

Près de la moitié de la cité antique est aujourd'hui mise à jour, et dans l'une de ses plus belles rues, on a trouvé les restes d'un palais, qui appartenait à un certain *Diomède*, ainsi que l'indique une inscription lisible encore sur la porte d'entrée.

C'est ce palais fossile qu'un membre de la famille Bonaparte a eu l'idée de reconstituer à Paris en 1860.

Cette heureuse·imitation, due au talent d'un habile

architecte, M. Normand, mérite une description détaillée.

La maison de Diomède est peinte à l'extérieur selon la mode des anciens, qui employaient beaucoup les couleurs voyantes, telles que le rouge, le vert et le jaune d'or. Une grille la sépare de la rue; à droite et à gauche, s'élèvent deux pavillons à terrasses.

Un petit jardin avec vivier précède le portique que soutiennent quatre pilastres droits et quatre colonnes corinthiennes, rehaussés de filets de diverses couleurs.

Au-dessus du portique s'ouvrent d'étroites fenêtres, à droite et à gauche s'arrondissent deux niches, à fond rouge, contenant les statues en bronze d'Achille et de Minerve.

C'est à l'intérieur que le palais Pompéien est le plus remarquable, parce qu'on y retrouve, dans la distribution comme dans l'appellation des pièces dont il se compose, les mœurs, la vie privée d'un riche Romain d'il y a dix-huit cents ans.

On entre dans la maison par une sorte de vestibule nommé *prothyrum*; sur le seuil est écrit le salut de l'hôte à ses visiteurs: *Salve*, suivi de l'inscription habituelle : « *Cave canem!* — Prenez garde au chien ! » les Romains ne connaissaient pas le portier, et c'est un chien qui gardait chez eux la porte d'entrée.

On pénètre de là dans l'*atrium*, au milieu duquel se trouve un bassin, et qui est entouré de colonnes supportant le toit ouvert de l'*impluvium*.

Le jardin (*xystos*) vient ensuite, rattaché à l'*atrium* par un large couloir appelé *tablinum*. Les diverses

salles, notamment les salles à manger, ou *triclinia*, y ont
leur entrée. Toutes sont meublées et décorées à l'antique,
aussi bien les salles que je viens de décrire que les
diverses pièces affectées aux serres, à la bibliothèque,
et aux bains orientaux.

Les peintures murales sont dues aux meilleurs
artistes : elles représentent en général des scènes
empruntées à la mythologie païenne.

Tels sont, mes enfants, ces deux palais, que j'ai
tenu à vous faire connaître, non parce qu'ils rappellent un souvenir spécial au VIII° arrondissement, mais
parce que cet arrondissement a le privilége unique de
posséder en eux deux souvenirs des siècles écoulés, et
qu'on ne passe pas devant de pareilles merveilles
sans les saluer d'un regard d'admiration.

CHAPITRE VIII.

UN ANCIEN VILLAGE. — CHAILLOT. — SAINTE-PÉRINE
ET LA PREMIÈRE CRÈCHE.

La Seine et l'avenue des Champs-Élysées, très-rapprochées l'une de l'autre à la place de la Concorde, en sont très-éloignées à la place de l'Étoile : la Seine fait en effet un large détour pour contourner le dernier anneau de la chaine de collines qui limite sa vallée du côté du nord. Ce dernier anneau, c'est le coteau de **Chaillot,** qui s'élevait autrefois par une pente rapide du lit du ruisseau de Ménilmontant au sommet du plateau de Passy.

Je dis autrefois, car aujourd'hui la pente est fort adoucie; le ruisseau a disparu le premier, et après lui, le ravin au fond duquel il coulait; la crête du coteau a été rasée, et les terres qu'on en a retirées, ont été jetées dans le vallon, qu'elles ont à peu près comblé.

C'est donc dans un quartier tout à fait transformé que je vais vous faire pénétrer, mes enfants; mais, malgré ses transformations, nous y trouverons encore les vestiges de l'ancien village dont je veux vous dire l'histoire.

Ici une observation préliminaire est utile : la dernière

délimitation des arrondissements de Paris a coupé en
deux parties ce village, qui comptait tout entier dans
l'ancien 1ᵉʳ arrondissement depuis soixante ans; elle
a donné l'une de ses parties au xvɪᵉ arrondissement
et l'autre au VIIIᵉ. C'est ainsi que bon nombre d'établissements curieux, appartenant à Chaillot, tels que
la Manutention militaire, l'église Saint-Pierre, la Pompe
à feu et ses bassins, sont compris dans les limites du
xvɪᵉ arrondissement.

Je ne m'occuperai pas de tous ces établissements
d'une façon particulière, mais si je les rencontre sur
ma route, en vous faisant l'histoire de Chaillot, j'en
parlerai comme s'ils appartenaient aussi à l'arrondissement que nous étudions.

Le plus ancien souvenir qu'on ait pu recueillir au
sujet de Chaillot se rapporte à la période de l'occupation romaine, et c'est à des fouilles pratiquées dans
le siècle dernier pour la formation de la place de la
Concorde, qu'on en est redevable.

On a eu la preuve par ces fouilles qu'il existait sur
le flanc du coteau de Chaillot une source d'eaux minérales, analogues sans doute à celles qui sont encore
en exploitation sur le revers du même coteau, à Auteuil et à Passy, et qu'un aqueduc souterrain conduisait ces eaux en ligne droite à travers l'emplacement
que recouvrent aujourd'hui les Champs-Élysées et le
jardin des Tuileries, jusque vers le milieu du sol occupé par le jardin du Palais-Royal. Là se trouvait un
réservoir dont on a découvert les vestiges à trois
pieds au-dessous du sol; sa structure était celle des

monuments romains, et sa forme celle d'un carré
de vingt pieds de côté. De plus, ses débris renfer-
maient des médailles d'empereurs romains, qui ne
laissent aucun doute sur l'époque de sa construction,
le dernier de ces empereurs étant Valentinien Ier, qui
régnait en l'an 375 après J.-C.

La découverte d'un autre bassin un peu plus loin
du côté du nord, et la mise au jour dans la rue
Vivienne de quatre magnifiques mausolées en marbre
sculpté, ont donné lieu de penser que, sur l'emplacement actuel du Palais-Royal, quelque préfet romain
s'était bâti une maison de campagne, avec des bains
ou *thermes* comme en possédaient les puissants de ce
temps-là, et qu'il y avait amené à grands frais les
eaux minérales de Chaillot.

Bien que j'aie employé jusqu'à présent le nom de
Chaillot, je dois dire que le coteau en question portait
encore, au viie siècle, un autre nom : on l'appelait en
latin *Nimio* et en français *Nigeon*. Il était habité, mais
le village qui s'y était fondé prit en s'étendant deux
noms différents : Passy sur l'un des flancs du coteau,
et Chaillot sur l'autre; et encore ce nom n'a-t-il pas
été formé d'un seul coup : on prononça d'abord *Chail*,
c'est-à-dire en vieux français, abatis d'arbres, puis
Challoel, *Challeau*, *Chailliau*, enfin *Chaillot*. Au
xve siècle, c'était une seigneurie; elle fut réunie en 1450
au domaine de la couronne, et Louis XI l'en détacha
de nouveau en 1472 pour la donner au chroniqueur
Philippe de Comines.

En 1659, Chaillot fut déclaré faubourg de Paris, tout

4

en demeurant, à certains égards, affranchi des règles imposées aux habitants de la ville. Enfermé dans l'enceinte construite pour l'octroi par les fermiers généraux, sous le règne de Louis XVI, Chaillot perdit alors toute espèce de priviléges.

D'illustres personnages ont habité Chaillot, qui leur offrait à la fois le voisinage de la grande ville et le calme de la campagne : l'historien Mézeray, le président Jeannin, Barras qui a joué dans la Révolution un rôle si peu enviable, et Bailly qui, dans les mêmes temps, a rendu de si grands services à la cause publique et a su si noblement mourir.

Remontons pour un instant à l'époque de Louis XI. Peu de temps après que ce prince eut fait don de la seigneurie de Chaillot à Philippe de Comines, le célèbre François de Paule, qu'il avait fait venir d'Italie à cause de sa réputation de sainteté, envoya à Paris six religieux de son ordre pour y fonder une maison ; mal accueillis d'abord par l'évêque de Paris, ils furent heureux de trouver un certain *Jean Morhier*, qui les logea dans une vieille tour lui appartenant près de Nigeon, comme on disait encore officiellement.

Plus libérale que Morhier, Anne de Bretagne céda quelques années plus tard à ces religieux, qu'on appelait les *Bons Hommes*, un manoir qu'elle possédait près de leur vieille tour, sur le penchant du coteau. Elle posa même la première pierre de leur église, qui ne fut terminée qu'en 1578, et qu'il ne faudrait pas confondre avec *Saint-Pierre de Chaillot*, édifice construit au xviii° siècle sur l'emplacement d'une ancienne chapelle qui dépendait de la maison de campagne du prieur de Saint-Martin des Champs.

Le couvent des Bons Hommes de Chaillot existait encore en 1790; supprimé comme tous les couvents à cette époque, il fut transformé en une filature de coton, mais le nom des religieux, ses fondateurs (qui a disparu depuis lors) a subsisté plus longtemps, car l'une des barrières de l'ancien Paris, entre Chaillot et Passy, portait le nom de barrière des Bons-Hommes.

J'ai cité la Pompe à feu parmi les établissements de Chaillot qui ne sont pas compris aujourd'hui dans les limites du VIIIe arrondissement; je veux, mes enfants, vous en dire un mot, parce que, si je passais sous silence l'origine de cet important établissement, l'histoire de Chaillot ne serait pas, à mon avis, complète.

Il y avait depuis longtemps dans Paris des fontaines publiques, mais elles étaient toujours sans eau, et c'est en vain qu'on renouvelait les concessions.

Enfin, en 1778, *les frères Perrier* formèrent une compagnie et commencèrent les travaux d'une pompe à feu au bas du coteau de Chaillot. L'eau lancée par cette puissante machine dans des bassins qui furent établis sur le sommet du coteau et qui ont donné leur nom à un quartier du XVIe arrondissement, se répandit bientôt de là par des canaux souterrains à travers les quartiers de la rive droite jusqu'au faubourg Saint-Antoine; bientôt aussi une pompe à feu, établie sur le même modèle et par les mêmes entrepreneurs au Gros-Caillou, rendit des services analogues aux quartiers de la rive gauche.

Les transformations qu'a subies dans ces dernières années l'ancien village de Chaillot ont amené la démolition d'un célèbre établissement hospitalier, la maison de retraite de **Sainte-Périne**, qui a été réédifiée dans le xvie arrondissement, à Auteuil, c'est-à-dire fort loin de son emplacement d'origine. Cette maison reçoit, moyennant un prix de pension très-modique, quelques vieillards des deux sexes qui, bien que non réduits à la misère, ont été cependant frappés par l'adversité et ne sont plus en situation de se donner avec leurs seules ressources l'existence aisée à laquelle ils avaient été habitués.

Voici l'origine de Sainte-Périne.

Des religieuses chanoinesses de Sainte-Geneviève, appartenant à l'ordre des Augustines, s'établirent en 1638 à Nanterre, qu'elles abandonnèrent pour Chaillot en 1659. Leur nouvelle abbaye, située à l'entrée de la rue de Chaillot du côté de l'avenue des Champs-Élysées, garda le nom de Sainte-Geneviève jusqu'au jour où les dames de *l'abbaye Sainte-Périne de la Villette* vinrent se réunir à elles.

On ne sait comment il se fit que le nom qui prévalut fut celui des dernières venues, et en 1790 quand les monastères furent supprimés, on continua de désigner les bâtiments sous le nom de Sainte-Périne.

En 1801, des spéculateurs eurent l'idée d'affecter ces bâtiments à une maison de retraite pour les personnes âgées qui avaient encore quelques ressources pour vivre, mais que l'isolement effrayait. Le gouvernement mit bientôt un terme à cette spéculation.

Un décret du 17 janvier 1806 fit de cet hospice un établissement public, rattaché à l'administration des hôpitaux de Paris.

Joséphine, première femme de l'empereur NapoléonI[er], contribua beaucoup à cette transformation, et ne cessa, pendant qu'elle régnait comme après le divorce, de s'intéresser activement à une fondation qu'elle était presque en droit de réclamer comme sienne.

C'est pour cette raison qu'on a donné le nom de Joséphine à l'avenue qui, partant de l'Arc de Triomphe pour aboutir au pont de l'Alma, coupe Chaillot en deux parties et sépare le VIIIe arrondissement du XVIe.

Au milieu de cette avenue on avait placé, il y a quelques années, une statue de Joséphine, elle a été enlevée en 1870. Cette statue, qui n'avait pas, en effet, beaucoup de raisons d'être sur la voie publique, doit se trouver dans quelque magasin de l'État. Pourquoi ne l'utiliserait-on pas, puisqu'elle existe, en la dressant sur une des pelouses de la nouvelle maison de Sainte-Périne? Ce serait là sa vraie place, puisque Joséphine a été, sinon la fondatrice, du moins la protectrice influente de Sainte-Périne à ses débuts?

A l'histoire de Chaillot se rattache également l'origine d'une autre institution charitable, qui remplit un rôle important dans la vie moderne, je veux parler de l'œuvre des **Crèches**.

Vous savez que si la salle d'asile, qui précède l'école, admet les enfants à partir de l'âge de 3 ans, il n'existe pas d'établissement public qui les reçoive à un âge plus tendre. La création des salles d'asile, qui date de

quarante ans environ, avait déjà rendu d'immenses
services à la population ouvrière, en permettant à la
mère de famille de passer la journée à son atelier,
deux ou trois ans plus tôt qu'auparavant, sans avoir
rien à redouter pour son enfant ; mais celle-ci se
voyait encore forcée de garder la maison pendant les
trois premières années de l'enfant, et elle était ainsi
privée d'apporter à son ménage, par son travail, un
supplément de ressources souvent indispensable. Ce
que les pouvoirs publics ne pouvaient faire, la charité
privée le fit, par l'institution des Crèches, et ce fut
dans le VIIIe arrondissement qu'en eut lieu la première application. Presque en même temps, *M. Marbeau*
et *madame de Pastoret* fondèrent une crèche, l'un à
Chaillot et l'autre près de Saint-Philippe du Roule.
Bientôt une troisième crèche s'ouvrait dans le même
arrondissement, rue Saint-Lazare, et les fondateurs
de ces utiles établissements unissant leurs efforts,
formaient une société qui a été reconnue d'utilité publique en 1846, et dont le président naturellement
désigné a été jusqu'à sa mort, c'est-à-dire jusqu'en
octobre 1875, M. Marbeau, créateur de la première crèche. Son fils, associé depuis longtemps à son œuvre,
le remplace dans la présidence de la société, et il n'y
a plus aujourd'hui un arrondissement de Paris qui
n'ait une crèche au moins.

Saluons, en passant, mes enfants, cette tombe si
récemment fermée, sur laquelle on devrait écrire : Ci-
gît un homme de bien, qui fut en même temps un
bienfaiteur de l'humanité !

CHAPITRE IX.

L'avenue des Champs-Élysées commence, vous ai-je dit, mes enfants, à la **place de la Concorde** et se termine à la place de l'Étoile. Parcourons donc ensemble ces deux places, et d'abord celle de la Concorde, qui appartient tout entière au VIIIᵉ arrondissement.

Elle passe pour être la plus belle place de l'Europe, on peut le dire sans vaine forfanterie. Il n'en a pas, comme vous le pensez bien, été toujours de même; son histoire va vous en fournir la preuve.

C'est en 1566 que l'on commença d'étendre l'enceinte de Paris du côté de l'ouest et que l'on y comprit le jardin des Tuileries. Cette partie d'enceinte fut nommée *boulevard des Tuileries*.

L'extrémité occidentale du jardin fut fermée par un large bastion dont les vestiges ont subsisté longtemps, car, avant la dernière transformation de la place de la Concorde, on y voyait des fossés plantés d'arbres, qui étaient peut-être les anciens fossés du bastion de 1566.

Entre ce bastion et la Seine, on établit par la suite une porte, appelée *grille du Pont-Tournant* et donnant accès dans la promenade réservée du Cours la Reine.

Tous ces travaux s'exécutèrent avec une extrême len-
teur, et ce ne fut que dans la seconde moitié du xviii^e
siècle que l'on songea à embellir ce coin de Paris;
voici à quelle occasion.

En 1748, le prévôt des marchands avait déterminé
le corps des échevins de Paris (le conseil municipal
d'alors) à offrir au roi Louis XV une statue équestre.
La statue, œuvre de Bouchardon, fut placée le 17 avril
1763, sur son piédestal, en face de la grande avenue
de Neuilly, à l'endroit qu'occupe aujourd'hui l'Obélisque, et l'on chargea l'architecte GABRIEL de former là
une place qui reçut immédiatement le nom de *place
Louis XV.*

Commencée dans l'année même, cette place ne fut
achevée qu'en 1772.

C'est à la dimension d'abord, et ensuite à l'entourage
qu'il sut lui donner, que Gabriel demanda la splendeur
de la place créée par lui.

Il la fit large de 125 mètres sur 87, et l'appuya de
deux côtés à des massifs de verdure, en la bornant à
l'est par le jardin des Tuileries, et à l'ouest par les
Champs-Élysées. Au sud, il la limita à la Seine, et au
nord il construisit, pour servir à son ornementation,
deux édifices pareils, richement décorés. L'église de la
Madeleine et le Palais Bourbon, construits plus récemment, l'une à l'extrémité de la rue Royale et l'autre à
l'extrémité du pont qu'on appelle aujourd'hui pont de
la Concorde, ont achevé de donner à la place dessinée
par Gabriel la grandeur imposante qui la caractérise.

Je ne fais en ce moment que vous indiquer, mes enfants, les édifices qui forment le cadre de cette place; j'aurai bientôt l'occasion de m'expliquer moins sommairement sur chacun d'eux.

Revenons à l'histoire de la place même. Les édiles qui avaient élevé une statue à Louis XV n'avaient pas su garder de mesure dans leur adulation; autour de l'image équestre de l'un des plus tristes rois qu'ait eus la France, ils avaient fait sculpter par Pigalle quatre figures colossales représentant les quatre Vertus cardinales. Aussi la verve moqueuse des contemporains se donna-t-elle carrière, et tout Paris répéta bientôt en riant ce distique, trouvé un matin sur le socle du monument :

O la belle statue! ô le beau piédestal!
Les Vertus sont à pied, le Vice est à cheval!

La Révolution s'annonçait déjà; le 11 août 1792, les statues de rois qui existaient dans Paris furent renversées en vertu d'un décret de la veille rendu par l'Assemblée nationale; elles ont été relevées depuis, toutes excepté une qui ne le sera jamais, parce qu'il serait indécent qu'elle le fût, celle de Louis XV.

Quelques mois après, le sculpteur Lemot dressait sur le même piédestal une statue colossale, en plâtre, de la *Liberté*, et la place s'appelait *place de la Révolution*.

Il semble qu'elle avait été marquée d'avance pour être fatale à Louis XVI.

Dans la nuit du 30 au 31 mai 1770, à la suite d'un feu d'artifice tiré pour célébrer son mariage avec

Marie-Antoinette d'Autriche, des malfaiteurs excitèrent des désordres, et il s'ensuivit une panique qui fit périr sous les pieds de la foule effrayée plusieurs centaines de personnes.

Le 21 janvier 1793, il montait les degrés d'un échafaud dressé sur cette même place, et son supplice devenait le signal d'une longue série d'exécutions qui ont fait justement appeler cette période de notre histoire, *le régime de la Terreur*. Là furent décapités Marie-Antoinette, les Girondins, le duc d'Orléans, madame Roland, Danton, Camille Desmoulins, etc.

Je ne cite que quelques-unes des principales victimes ; la dernière exécution qui y eut lieu fut celle des auteurs mêmes de la Terreur, Robespierre, Saint-Just et Couthon.

Pendant quinze mois, la guillotine n'avait cessé de fonctionner en face de la statue de la Liberté ; n'était-ce pas le cas de s'écrier : *O liberté, que de crimes l'on commet en ton nom !*

Cette statue resta en place jusqu'en 1800. Un arrêté des consuls, en date du 20 mars de cette année, ordonna sa démolition et son remplacement par une colonne nationale. Lucien Bonaparte, ministre de l'intérieur, en posa la première pierre en grande cérémonie, et baptisa solennellement la place du nom de *place de la Concorde*.

Outre la colonne nationale, dressée dans Paris, il devait être érigé une colonne triomphale dans chaque chef-lieu de département ; aucune de ces colonnes n'a jamais été construite, et l'édification de celle de Paris fut bientôt abandonnée; mais la place a conservé son nom nouveau jusqu'à nos jours, sauf une interruption de quinze années (1815 à 1830), pendant lesquelles le gouvernement de la Restauration lui fit porter successivement le nom de Louis XV et celui de la victime royale du 21 janvier 1793.

La place de la Concorde dans ce siècle-ci n'a été le théâtre d'aucun fait bien saillant, et j'aurai achevé son histoire politique quand je vous aurai dit qu'on y a célébré des messes solennelles, passé de brillantes revues, installé des expositions publiques, et proclamé des constitutions, dont l'une au moins a eu le mérite d'abolir la peine de mort en matière politique.

Mais il me reste à vous dire l'histoire de ses embellissements, et celle-ci n'est pas la moins curieuse.

La place de la Concorde a subi successivement deux remaniements: le premier de 1830 à 1840, l'a faite à peu de chose près ce qu'elle est; le second, en 1852, n'a eu d'autre but que de faire disparaître ses fossés plantés d'arbres, très-gênants pour la circulation et très-dangereux même, ainsi que l'avaient prouvé quelques accidents survenus dans les fêtes publiques de 1844 et de 1849.

Hittorf, l'auteur des embellissements des Champs-Élysées, a présidé à ces deux remaniements.

Sans modifier en rien les grandes lignes du quadrilatère conçu par Gabriel, l'architecte moderne a tracé à l'intérieur de la place un plan octogonal, limité par des balustrades (autrefois des fossés) que terminent huit grands pavillons, au-dessus desquels s'élèvent des statues allégoriques, représentant huit des principales villes frontières de France.

Ce sont :

Au nord et au nord-est de la place (comme elles sont au nord et au nord-est de la France) :

Lille et Strasbourg ;

A l'est et au sud-est :

Lyon et Marseille ;

Au sud et au sud-ouest :

Bordeaux et Nantes ;

A l'ouest et au nord-ouest :

Brest et Rouen.

Chacune de ces villes est figurée par une femme assise, dont la tête porte une couronne murale et qui est entourée des divers attributs propres à la faire reconnaître.

Sans les déplorables événements de 1870-1871, je n'aurais rien à ajouter à la liste de ces huit cités. Hélas! l'une d'elles ne nous appartient plus, STRASBOURG, et c'est en vain que l'héroïsme de sa résistance a été célébré par les manifestations patriotiques dont sa statue a été l'objet pendant le siège prussien! Et, souvenir plus triste encore, la statue de la ville de Lille a été coupée en deux par un boulet français dans la terrible guerre civile qui a suivi de si près la guerre étrangère! Hâtons-nous de constater que cette statue a été refaite, et que le dommage matériel a été réparé ; trop heureux si nous pouvions en dire autant du dommage moral !

Au centre de la place, à l'endroit même où se sont succédé les images de Louis XV et de la Liberté, où devait être édifiée la colonne nationale projetée en 1800, s'élève depuis l'année 1836 un monument qui compte plus de 3,000 ans d'existence, l'**Obélisque de Louqsor**.

C'est un monolithe du poids de 250,000 kilogrammes. Il avait été dressé, vers l'an 1400 avant Jésus-Christ, devant l'entrée d'un des palais de Thèbes, dans la Haute-Égypte, par les ordres de Rhamsès le Grand, autrement dit *Sésostris*, le plus célèbre des pharaons de la dynastie thébaine. Depuis longtemps Thèbes n'est plus qu'un monceau de ruines, desquelles émerge un pauvre village appelé *Louqsor*; c'est de là qu'ont été emportés les obélisques qui décorent aujourd'hui les places publiques de quelques capitales européennes, Rome entre autres.

Le pacha d'Égypte avait offert à la France, à son choix, l'un des deux obélisques dont le socle était, depuis des siècles, enterré sous les sables de Louqsor : l'offre fut acceptée, mais c'était une œuvre ardue que celle d'aller chercher au fond de l'Égypte une pierre d'une telle dimension.

Sur l'avis d'une commission nommée en 1829, M. LEBAS, ingénieur de la marine, fut chargé de diriger les travaux.

Il fit construire tout exprès un navire d'un modèle spécial qu'il appela *le Louqsor*, et au mois d'août 1831 le navire remontait le Nil et accostait vis-à-vis de Louqsor, situé à une petite distance du fleuve.

On commença par déblayer les deux obélisques à moitié cachés dans les sables, et Lebas fixa son choix sur le plus petit, comme étant à la fois le mieux conservé et le plus facile à transporter.

Par ses ordres, un plan incliné fut pratiqué de l'obélisque au bâtiment qui devait l'emporter ; il fallut trancher deux monticules de décombres antiques et démolir la moitié d'un village pour laisser passer cette aiguille de 23 mètres de hauteur !

Vous saisirez mieux, mes enfants, l'importance de l'œuvre accomplie quand je vous aurai dit qu'elle exigea le travail de 800 hommes pendant trois mois.

L'abatage et l'embarquement de l'obélisque suivirent ce travail préliminaire ; ils nécessitèrent des engins nouveaux d'une énorme puissance.

Il parvint à Paris en décembre 1833, et pendant près de 3 ans, il demeura couché le long du quai de la Conférence, dans le bâtiment qui l'avait apporté.

Ce long espace de temps ne fut pas perdu ; on l'employa à organiser les machines qui devaient dresser le monolithe sur une base de granit haute de 4 mètres, au centre de la place de la Concorde.

L'opération eut lieu le 25 octobre 1836, et les effrayantes difficultés qu'elle offrait furent vaincues avec autant de bonheur que d'habileté. Les procédés inventés par Lebas étaient pourtant d'une simplicité remarquable, si on les compare à ceux qu'on employa pour l'érection à Rome de l'Obélisque du Vatican.

Ils ont été, pour l'instruction des âges futurs, figurés en or sur le socle du monument. Quant aux signes hiéroglyphiques que vous pouvez remarquer sur les quatre faces de l'aiguille même, ils disent qu'elle a été taillée sous le règne de Rhamsès le Grand.

L'ingénieur éminent dont l'habileté a doté la France d'un si curieux spécimen de l'art antique, est mort tout récemment : en janvier 1875. On vient d'inaugurer solennellement son tombeau, et l'on y a reproduit avec raison le dessin des procédés qu'il a imaginés à cette occasion.

De chaque côté de l'Obélisque, et dans l'axe de la rue Royale et du pont de la Concorde, se dressent deux **fontaines monumentales** qui méritent une description détaillée. Elles ont été dessinées par Hittorf et représentent *la Pêche fluviale* et *la Pêche maritime*.

La première, du côté de la rue Royale, nous offre un piédouche autour duquel sont artistement groupés le Rhône, le Rhin, les quatre Génies des récoltes, des proues de navire et des dauphins.

Ce piédouche porte une grande vasque surmontée d'un second piédouche, autour duquel sont rangés trois autres Génies et des cygnes. Enfin, dans le grand bassin inférieur, se trouvent des Tritons et des Néréides, portant dans leurs bras un poisson dont la bouche lance de l'eau dans les vasques, pendant que de celles-ci l'eau coule en nappes abondantes.

L'autre fontaine, du côté du pont de la Concorde, reproduit le même aspect général, les détails seuls diffèrent : l'Océan et la Méditerranée remplacent le Rhône et le Rhin, et au lieu des Génies des récoltes, on y admire la pêche des poissons de mer, la pêche des perles, celle du corail et celle des coquillages.

Rien de plus beau que ces deux fontaines, rien de plus majestueux, surtout quand jouent leurs eaux, dont le système a été, avec beaucoup de succès, établi en vue de l'effet décoratif.

Les figures qui entrent dans leur ornementation sont dues au ciseau des meilleurs sculpteurs de l'époque : Debay père, Desbœufs, Feuchères, Vallois, Moyne, etc.

Elles sont en fonte de fer, ainsi que les *colonnes rostrales* (ornées de proues) et les candélabres qui éclairent la place, et sortent des usines de Tusey, près de Vaucouleurs (Meuse). Dans ces derniers temps, toute cette fonte commençait à s'oxyder, et nous étions menacés de perdre ces œuvres d'art ; elles ont été mises pour longtemps à l'abri de la ruine au moyen de la galvanoplastie.

On appelle ainsi un procédé qui consiste à fixer sur un objet quelconque une couche plus ou moins épaisse de métal, en le plongeant dans un bain saturé de ce métal et en le soumettant à un courant électrique : un homme de mérite, qui vient, lui aussi, de mourir tout récemment, *M. Oudry*, a trouvé le moyen d'appliquer en grand ce procédé scientifique, et c'est dans l'usine qu'il avait fondée à Auteuil que les fontaines jaillissantes, les colonnes rostrales et les candélabres de la place de la Concorde et des Champs-Élysées ont retrouvé à la fois l'éclat et la durée.

Telle est, mes enfants, la décoration de la place de la Concorde. On peut affirmer qu'elle est splendide ; mais ce qui complète la beauté de cette place, c'est assurément son entourage. Je dois donc vous en dire

un mot, sans tarder davantage, dussions-nous en cette
occasion entrer, avant d'en avoir fini avec le quartier
des Champs-Élysées, dans le quartier de la Madeleine,
et même mettre le pied sur les arrondissements limitrophes.

CHAPITRE X

LE CADRE DE LA PLACE DE LA CONCORDE. — LE MINISTÈRE DE LA MARINE ET LE PREMIER TÉLÉGRAPHE. — LES PONTS DU VIIIᵉ ARRONDISSEMENT.

C'est en vous plaçant, mes enfants, au pied de l'Obélisque que vous pourrez le mieux apprécier la place de la Concorde et la beauté de son cadre.

De là, en effet, vous apercevrez, au nord, la rue Royale, qui s'ouvre entre deux palais remarquables, et à l'extrémité de cette rue, l'église de la Madeleine ; au midi, le pont de la Concorde, au fond duquel se dresse le Palais Bourbon avec sa colonnade qui reproduit l'aspect général de la Madeleine ; à l'est, les terrasses du jardin des Tuileries et entre elles l'allée principale de ce jardin ; à l'ouest enfin, les Champs-Élysées, leur grande avenue, et, tout au fond, dans un lointain qui en augmente la valeur, les masses architecturales de l'Arc de Triomphe de l'Étoile.

Examinons d'abord les deux palais du nord, dont l'un est affecté au **Ministère de la Marine et des Colonies** et dont l'autre, connu sous le nom d'*hôtel Crillon* n'est autre chose que la réunion de quelques habitations privées.

Ils ont été construits vers 1760 par Gabriel, pour

servir, le premier de garde-meubles de la Couronne, et le second d'hôtel des Monnaies. Le projet d'établir la Monnaie dans l'hôtel Crillon n'a jamais été mis à exécution, mais le garde-meubles a occupé jusqu'à la Révolution le palais où se trouve aujourd'hui le ministère de la Marine.

Il existe dans Paris peu de monuments ayant une façade aussi élégante que ces deux palais, qui se composent d'un corps principal, terminé à ses extrémités par deux pavillons formant avant-corps.

Les connaisseurs admirent surtout au rez-de-chaussée ce soubassement en bossages, percé de portes aux avant-corps, et au centre ces onze arcades éclairant un passage couvert à l'usage des promeneurs à pied ; au premier étage, cette ordonnance corinthienne, composée de douze colonnes et d'un entablement couronné par une balustrade ; enfin, dans la partie supérieure des pavillons d'angle, ces quatre colonnes également corinthiennes, qui supportent des frontons flanqués de trophées et ornés de bas-reliefs.

Celui de ces deux palais qui est occupé aujourd'hui par la Marine, ne fut terminé qu'en 1768 : on y mit aussitôt les meubles précieux et les diamants de la couronne.

Bientôt un vol audacieux y fut commis ; on s'aperçut un jour que la plupart des diamants avaient disparu ; heureusement la police ne tarda pas à les retrouver, avec les auteurs du vol. En 1789, lors de la prise de la Bastille, le garde-meubles fut de nouveau pillé, mais ce jour-là, ce n'était pas des diamants que cherchait le peuple qui l'envahissait, c'était des armes, et, chose curieuse! on emmena, pour les tirer contre les murailles de la Bastille, deux canons, damasquinés en argent, et conservés dans le garde-meubles comme ayant été offerts à Louis XIV par les fameux ambassadeurs du roi de Siam qui visitèrent ce monarque en 1684, et sur l'authenticité desquels l'histoire n'est pas encore fixée.

Un autre souvenir historique se rattache au ministère de la Marine. Le 1er avril 1793, le sieur Chappe, neveu du savant abbé Chappe d'Auteroche, annonça à la Convention qu'il avait découvert un procédé pour communiquer promptement à de grandes distances au moyen de signaux. La Convention ordonna l'essai de ce procédé, le trouva excellent, et dès le 24 juillet de la même année, accorda à l'inventeur le titre d'ingénieur-télégraphe, avec les appointements de lieutenant du génie.

Quatre télégraphes furent installés sans retard à Paris : on les plaça sur le garde-meubles, sur la tour du ministère de l'intérieur rue de Grenelle, sur l'une des tours de Saint-Sulpice et enfin sur celle de Notre-Dames des Victoires; Paris se trouva de la sorte en communication rapide avec les quatre points cardinaux.

Mais le premier qui fonctionna fut celui du garde-meubles; il communiquait avec Brest et les côtes de l'ouest en huit minutes. C'était le télégraphe dont les signaux sont reproduits par des machines semblables établies de distance en distance sur les lieux élevés. Ce système a été bien dépassé dans ce siècle-ci par la

5.

télégraphie électrique, mais il n'en a pas moins rendu d'immenses services pendant un demi-siècle, et l'on peut dire que la place de la Concorde en a vu les premières applications.

Du côté ouest de cette place, je ne saurais vous parler longuement, mes enfants, à moins de vous décrire le Jardin des Tuileries, qui ne fait point partie de notre arrondissement; je me bornerai donc à vous dire que, pour faire pendant aux Chevaux de Marly qui décorent l'entrée de l'avenue des Champs-Élysées, Hittorf a fait placer, à l'endroit où la grille d'entrée du jardin coupe les terrasses des Tuileries, deux groupes en marbre, dus au ciseau du célèbre sculpteur Coysevox : l'un d'eux représente la Renommée embouchant sa trompette et montée sur un cheval ailé qui franchit un trophée d'armes ; l'autre représente Mercure, tenant d'une main son caducée, et retenant de l'autre les rênes d'un cheval, pareillement ailé, sur lequel il est monté.

Jetons un coup d'œil rapide sur les deux lions de pierre qui complètent l'ornementation des terrasses, et passons immédiatement à l'examen du côté sud de la place.

Là nous trouvons le **Pont de la Concorde** et le Palais Bourbon.

Compris dès 1760 dans les projets de l'architecte Gabriel, le *pont Louis XVI* (tel fut le nom qu'il porta d'abord) fut commencé en 1787 seulement, sous la direction de l'ingénieur *Perronet*, à qui l'on doit la création de la savante école des Ponts-et-Chaussées.

Comme il ne fut terminé qu'en 1790, il arriva que
la plus grosse part de la maçonnerie dont il est formé
fut empruntée aux matériaux de la Bastille démolie
par le peuple l'année précédente.

En passant sur ce pont, qui a pris le nom de la
place à laquelle il aboutit et qui s'appelle pont de la
Concorde, vous avez dû remarquer, mes enfants, à
l'appui de ses piles, seize énormes piédestaux qui s'é-
lèvent du fond de la rivière et qui, formant au niveau
des balustrades de larges surfaces, semblent attendre
une ornementation quelconque ; en sorte que ce pont
n'a pas l'air d'être fini.

Cela tient à ce que dans l'origine on y avait disposé
seize statues colossales en pierre, dont le poids ame-
nait l'affaissement des piles, et que, pour sauver le
pont, on a enlevé, pour les transporter dans la cour
d'honneur du château de Versailles, ces seize statues
qui représentent :

1. — Suger ;	9. — Condé ;
2. — Du Guesclin ;	10. — Tourville ;
3. — Sully ;	11. — Duguay-Trouin ;
4. — Richelieu ;	12. — Turenne ;
5. — Bayard ;	13. — Lannes ;
6. — Colbert ;	14. — Mortier ;
7. — Suffren ;	15. — Jourdan ;
8. — Duquesne ;	16. — Masséna.

Il est assurément fâcheux au point de vue décoratif
qu'on n'ait pas encore trouvé le moyen d'utiliser ces
larges piédestaux sans surcharger le pont : il semble
que cet art nouveau dont je vous entretenais, il n'y

a qu'un instant, à propos des fontaines de la place voisine, la galvanoplastie, permettrait de rétablir sans danger sur ce beau pont la décoration qui lui fait défaut.

Le Palais 'Bourbon est situé dans le viie arrondissement auquel il a donné son nom; mais, élevé dans l'axe du pont de la Concorde et symétriquement opposé à la Madeleine, il fait partie du cadre de la place de la Concorde, et à ce titre je veux vous en dire un mot. Il a été commencé en 1722, et profondément remanié par l'architecte Gisors en 1796 pour être en état de recevoir le Conseil des Cinq-Cents. C'est à cette occasion qu'a été élevée la colonnade qui fait face au pont. Enfin, en 1807, on a construit le vaste perron qui précède la colonnade, et l'on y a installé les statues colossales des deux vertus nécessaires aux législateurs, *la Justice* et *la Prudence*, et de quatre grands ministres de l'ancienne monarchie française, *d'Aguesseau*, *l'Hopital*, *Colbert* et *Sully*.

Quant au fronton qui représente la *Loi sur un char*, il est dû aux dessins de Fragonard et au ciseau de Cortot.

Trois ponts mettent en communication le VIIIe arrondissement avec la rive gauche de la Seine; je viens de vous parler du plus remarquable de ces ponts; les deux autres sont ceux des Invalides et de l'Alma.

Le **pont des Invalides**, autrefois suspendu, a été remplacé en 1854 par le pont actuel qui est en pierres de taille et dont la pile centrale est ornée de deux statues, en amont la *Victoire terrestre*, par M. Diéboldt, et en aval, la *Victoire maritime*, par M. Villain. Ce pont doit son nom au voisinage de l'hôtel des Invalides.

Le **pont de l'Alma**, qui fait suite à l'avenue de ce nom, a été construit en 1855. Ses deux piles portent quatre statues, représentant chacune un soldat qui symbolise l'arme à laquelle il appartient, savoir : un *Grenadier* et un *Zouave*, sculptés par le même M. Diéboldt, un *Chasseur à pied* et un *Artilleur à pied* par M. Arnaud. Ainsi orné, on peut dire que le pont de l'Alma est un des plus beaux de Paris.

Dans notre examen des monuments qui forment le cadre de la place de la Concorde, nous avons parcouru successivement le côté du nord, le côté de l'est et le côté du midi. Il nous reste donc le côté de l'ouest ; mais ce côté, vous le connaissez déjà : il est formé par les Champs-Élysées. C'est par là que du pied de l'Obélisque la vue s'étend le plus loin, car c'est au sommet d'une longue montée qu'on aperçoit l'Arc de Triomphe, qui occupe si majestueusement le centre de la place de l'Étoile.

C'est par cette place, mes enfants, que je veux vous faire sortir du quartier des Champs-Élysées et vous faire pénétrer dans le trentième quartier.

CHAPITRE XI.

La **place de l'Étoile** appartient à trois arrondissements différents, le VIIIᵉ, le XVIᵉ et le XVIIᵉ; et dans le VIIIᵉ, elle se partage encore entre les deux quartiers que je viens de vous indiquer. Avant 1860, elle formait la limite extrême de Paris du côté de l'ouest, et on l'appelait place de la Barrière de l'Étoile.

Ce nom lui venait de ce qu'elle était traversée par quelques avenues qui s'y croisaient : les routes de Neuilly, de Longchamp et de Saint-Cloud, et les boulevards longeant le mur d'octroi à l'extérieur de Paris. Bien que l'Arc de Triomphe qui en occupe le centre fût déjà construit, elle n'avait pas alors l'aspect grandiose et luxueux qui la distingue aujourd'hui : on n'y trouvait aucune symétrie, on y voyait d'un côté un profond ravin, et, de l'autre, un monticule élevé que dominaient les constructions bariolées de l'*Hippodrome*; de plus, à l'entrée de l'avenue des Champs-Élysées, se dressaient deux lourds bâtiments qui étaient affectés au service de l'octroi et dont il ne sera peut-être pas inutile de vous dire un mot.

Les fermiers généraux, pour arrêter les progrès de la contrebande et assujettir aux droits d'entrée un plus

grand nombre de consommateurs, obtinrent en 1784 du
ministre Calonne l'autorisation de renfermer Paris dans
une vaste muraille. Les travaux commencèrent au
mois de mai de la même année. Malgré l'opposition
de presque tous les habitants, et même de personnages
puissants dont les intérêts étaient lésés, on continua
l'exécution de ce projet, qui faisait entrer dans Paris
d'immenses faubourgs, et parmi eux Chaillot et le faubourg du Roule. Les portes et barrières d'entrée furent
élevées sur les dessins de l'architecte *Ledoux*, mais
divers événements politiques l'empêchèrent de terminer
son œuvre.

Ce fut d'abord l'opposition du ministre de Brienne
au projet qu'avait approuvé son prédécesseur, et, par
suite, la suspension des travaux en 1787.

Ce fut ensuite l'abolition des droits d'entrée pro-
noncée fort légèrement en 1791, car dès que le calme
fut revenu, le Directoire et après lui le Consulat durent
rétablir les droits d'entrée sur les denrées de consommation, sous le nom d'*octroi de bienfaisance,* le produit
en étant destiné au soulagement des malheureux secourus par les hospices et hôpitaux de Paris. Cet octroi a
été maintenu jusqu'à nos jours, et j'ajoute qu'il serait
impossible de l'abolir sans le remplacer par une taxe
au moins aussi lourde et peut-être moins justement
répartie, les cent millions qu'il procure annuellement
à la caisse municipale étant indispensables pour secou-
rir les pauvres et assurer l'assainissement de la ville.

Les murs d'octroi et les barrières furent donc terminés de 1798 à 1800 ; en même temps, on traça d'un

côté de la muraille les boulevards extérieurs, de l'autre côté le chemin de ronde intérieur. Quand on a démoli cette muraille en 1860, la réunion des deux voies a formé les larges boulevards qui font le tour de l'ancien Paris et dont quelques tronçons limitent le VIIIe arrondissement, sous les noms d'avenue de Wagram, de boulevard de Courcelles et de boulevard des Batignolles.

Les barrières construites par Ledoux étaient toutes d'un dessin différent, quelquefois pittoresque, et quelquefois étrange.

Parmi les plus remarquables, on comptait celles du Roule et de l'Étoile; les nécessités de l'embellissement des places qui ont remplacé ces barrières ont fait disparaître leurs bâtiments, mais vous pouvez encore vous rendre compte de ce qu'ils pouvaient être en visitant les rares édifices de ce genre qui sont encore debout, tels que le *pavillon de Chartres*, compris dans l'ornementation du parc Monceaux, celui de la Villette, affecté au service du canal Saint-Martin, ceux des places d'Enfer, du Trône et d'Italie, utilisés par divers services publics.

Dès que fut démolie la barrière de l'Étoile, on poursuivit avec activité l'embellissement de la place agrandie, en lui donnant l'aspect d'un vaste cirque, au centre duquel se dresse l'Arc de Triomphe, et dont la circonférence est formée par douze hôtels d'architecture symétrique, précédés d'un jardin d'agrément et séparés les uns des autres par douze avenues également symétriques : cinq de ces avenues appartiennent au VIIIe arrondissement, elles conduisent au pont de l'Alma, à la place de la Concorde, au nouvel Opéra, au parc Monceaux et à la porte d'Asnières. Les autres conduisent dans le quartier des Ternes, à la place de Courcelles, à Courbevoie, au bois de Boulogne, à la Muette, au champ de Mars et au Trocadéro.

C'est à l'occasion du percement ou de l'élargissement de ces belles avenues, qu'ont été entrepris les vastes remaniements de terrains dont je vous ai déjà parlé, mes enfants, au sujet de l'ancien village de Chaillot, et qui ont fait disparaître presque totalement la butte, voisine de l'Étoile, où s'élevait jadis l'Hippodrome.

La place de l'Étoile, malgré le nombre toujours croissant des voitures qui la sillonnent, en se rendant de Paris au bois de Boulogne et *vice versa*, la place de l'Étoile ne serait qu'un vaste désert, sans l'**Arc de Triomphe** qui en remplit le centre et qui y occupe une superficie de près de 1,000 mètres.

Voici l'histoire de ce monument. Napoléon Ier venait de dissoudre à Austerlitz la troisième coalition formée contre la France ; il ordonna, par un décret du 18 février 1806, qu'un arc de triomphe colossal, tel qu'en avaient élevé autrefois les Romains, vainqueurs du monde, serait construit sur la place située en arrière de la barrière de l'Étoile, c'est-à-dire à la plus belle des entrées de Paris.

Divers projets furent présentés à Napoléon, qui se prononça en faveur de celui qu'avait conçu un célèbre architecte de l'époque, nommé CHALGRIN.

La première pierre du monument fut posée le 15 août 1806.

Néanmoins les travaux préparatoires absorbèrent près de trois années, et ce ne fut qu'en 1809 que commencèrent les travaux de construction proprement dite. Vous comprendrez aisément, mes enfants, les motifs de ce long retard, quand je vous aurai dit, d'une part, que les dimensions de l'édifice à construire devaient lui donner un poids énorme, et, d'autre part, que le sol du terrain choisi n'offrait aucune solidité, n'étant composé que de couches calcaires superposées.

L'Arc de Triomphe mesure en effet :

sur la hauteur $49^m,483^{mm}$,
sur la largeur $44^m,820^{mm}$,
sur l'épaisseur $22^m,210^{mm}$.

Multipliez ces nombres les uns par les autres, de manière à chiffrer le cube du monument, et vous obtiendrez près de 50,000 mètres cubes de pierre. Ce n'est pas, il est vrai, le chiffre exact, car il en faut déduire le cube du grand arc et celui des petits arcs qui se coupent à angle droit au centre du monument, et qui mesurent, l'un $20^m,429^{mm}$ de hauteur sur $14^m,620^{mm}$ de largeur, et les autres $18^m,680^{mm}$ de hauteur sur $8^m,440^{mm}$ de largeur.

Le volume de pierres qu'eût nécessité leur remplissage représentant approximativement 10,000 mètres cubes, c'était le poids effrayant d'environ 40,000 mètres cubes de pierres qui devait peser sur le sol à cet endroit. Aussi a-t-il fallu constituer un sol factice qui pût supporter sans danger un semblable poids, et la constitution de ce sol factice a exigé trois années, de 1806 à 1809. On l'a composé de plusieurs

assises en pierres de taille de grande dimension, dispo-
sées de telle façon que les joints de chaque assise ne
correspondent pas aux joints des assises inférieure
ou supérieure; et que chacune d'elles soit pourvue
d'angles saillants, s'emboîtant dans les angles rentrants
de celle qui la précède.

Quelques chiffres encore au sujet de ces fondations
véritablement extraordinaires: elles ont $8^m, 375^{mm}$ de
profondeur, $54^m, 560^{mm}$ de longueur, et $27^m, 280^{mm}$ de
largeur.

C'est vous dire que la superficie occupée par ces
fondations est d'environ un tiers plus considérable que
la superficie couverte par le monument lui-même.

Il fallait ces fondations cyclopéennes pour qu'on
osât y élever l'un des arcs de triomphe les plus colos-
saux qui aient existé dans le monde entier. Quand
elles furent terminées, on vit bientôt le monument
sortir de terre, mais il ne devait être inauguré que
le 29 juillet 1836. Sa construction a donc demandé
30 années (sauf une interruption de 9 ans, de 1814 à
1823). Chalgrin étant mort en 1811, trois autres architectes ont eu successivement la direction des travaux,
savoir: MM. *Goust* (1811-1827), *Huyot* (1828-1831) et
Blouët (1832-1836). Il a coûté près de 10 millions (exactement 9,657,115 fr. 62 c.), en sorte que chacun des
trois gouvernements qui ont présidé à cette construction, Empire, Restauration et Monarchie de juillet, y a
dépensé un peu plus de trois millions.

L'histoire de l'Arc de Triomphe n'est pas longue à
faire, mais elle est de nature à blesser notre patrio-

'tisme : en 1840, on l'a fait traverser solennellement par les cendres du grand capitaine qui en avait ordonné l'édification, et en 1871, le roi d'un pays que ce grand capitaine avait fait fouler sans pitié par ses armées est entré dans Paris à la tête de ses troupes victorieuses, en passant sous les voûtes d'un monument élevé à la gloire des Français ! Ah ! votre génération aura beaucoup à faire, mes enfants, pour réparer ces malheurs ! Aussi laissez-moi vous adjurer de ne jamais oublier la tâche qui vous incombe, celle de rendre à notre patrie les provinces perdues, et d'effacer la tache faite à l'honneur de notre Arc de Triomphe !

Mais laissons là ces souvenirs attristants et examinons un instant les beautés artistiques de cet immense monument.

Ses larges murailles sont décorées de quatre grands bas-reliefs qui attirent invinciblement les regards, par leur imposante grandeur (11^m,70^c de hauteur, dont 5^m, 85^c pour les figures) et par les sujets qu'ils représentent.

Du côté des Tuileries, le bas-relief de droite reproduit le *Départ des volontaires qui, en 1792, allaient défendre la France envahie :* le Génie de la guerre tient le glaive en main, il pousse un cri d'alarme, et les hommes valides de tout âge partent pour la guerre, pendant que des vieillards prêchent la résistance à l'invasion ; le drapeau national domine ce beau groupe, qui est dû au talent du célèbre Rude.

Le bas-relief de gauche exprime le *Triomphe de*

1810. L'empereur Napoléon 1ᵉʳ est couronné par la Victoire; la Renommée publie ses hauts faits, et la Muse de l'histoire les écrit : aux pieds du triomphateur, on voit des prisonniers chargés de fer et des cités vaincues qui font leur soumission. Ce groupe est dû au ciseau de Cortot, dont j'ai déjà eu l'occasion de vous faire admirer la valeur artistique.

Du côté de Neuilly, les deux groupes sont d'Etex. Celui de droite représente la *Résistance à l'invasion de 1814* : un jeune guerrier défend son pays; à ses pieds gît son père blessé, sa femme et ses enfants cherchent en vain à le retenir ; à quelques pas de lui, un cavalier blessé tombe de cheval, et au-dessus de sa tête le Génie de l'avenir l'encourage à combattre.

Celui de gauche célèbre la *Paix de 1815* : un soldat remet son épée au fourreau ; une femme tient sur ses genoux son jeune enfant qu'elle caresse, et apprend à lire à un autre plus âgé; deux guerriers, rentrés dans leurs foyers, aiguisent un soc de charrue ou domptent un taureau, sous les yeux de Minerve, la déesse de la Paix.

Au-dessus de chacun de ces groupes, entre l'imposte du grand arc et l'entablement, se trouve un bas-relief qui rappelle quelque haut fait des armées françaises entre 1792 et 1815.

Au-dessus du Départ, les *Funérailles de Marceau, 19 septembre 1796, à Hoschteinball;* — sculpteur, Lemaire.

Au-dessus du Triomphe, la *Bataille d'Aboukir, 24 juillet 1799;* — sculpteur, Seurre aîné.

Au-dessus de l'Invasion, le *Passage du pont d'Arcole*, *5 novembre 1796;* — sculpteur, Feuchères.

Enfin, au-dessus de la Paix, la *Prise d'Alexandrie*, *2 juillet 1798;* — sculpteur, Chaponnière.

Chacune des façades latérales a aussi son bas-relief, placé à la même hauteur que les précédents, au-dessus du petit arc; c'est à droite, la *Bataille d'Austerlitz*, *2 décembre 1805,* par Gecther, et à gauche, la *Bataille de Jemmapes, 6 novembre 1792*, par Marochetti.

Les quatre tympans des deux grands arcs sont ornés d'une *Renommée* par Pradier, et ceux des petits arcs montrent l'*Artillerie* et la *Marine* sculptées par Debay et Seurre jeune.

Dans la frise de l'entablement et tout alentour, se déroule un bas-relief qui semble très-étroit et dont les figures ont cependant 2 mètres de hauteur; il représente, du côté de Paris, le *Départ des armées*, et du côté de Neuilly, leur *Retour*. Six artistes ont fouillé cette frise, Brun, Laitié, Jacquot, Caillouette, Seurre aîné et Rude.

Enfin, l'attique est orné de 30 boucliers, sur lesquels sont inscrits les noms des 30 plus éclatantes victoires de l'armée, de 1792 à 1815, de Valmy à Ligny.

A l'intérieur des voûtes, la décoration est assez sobre d'ornements : on n'y peut signaler que les quatre figures allégoriques, représentant les *Victoires du Nord, de l'Est, du Sud et l'Ouest*, et dues au ciseau de Bosio neveu, Valcher, Debay père et Esparcieux.

Mais cette décoration se complète par des inscriptions destinées à renseigner les générations futures sur les

travaux héroïques des armées françaises de la Révolution et de l'Empire, et sur les noms des hommes
qui y exerçaient un commandement.

Ces inscriptions contiennent en, effet, quatre listes de
batailles ou de combats, et 384 noms de généraux;
quelques-uns sont soulignés, ce sont ceux des officiers
morts les armes à la main.

L'intérieur de l'Arc de Triomphe est occupé par de
vastes salles qui ne servent à rien et par des escaliers
qui conduisent à une large plate-forme, d'où la vue
s'étend sur tout le côté ouest de Paris et sur ses
environs jusqu'aux coteaux de Suresnes et du Mont-
Valérien.

On ne peut pas dire que cet arc soit terminé; il y
manque, en effet, un couronnement, mais jusqu'à cette
heure aucun des projets présentés n'a pu être accepté.

Tel est, mes enfants, ce beau monument qui redira
à nos descendants les succès et les malheurs de la France
à cette grande époque qui a marqué la fin d'un monde
et le commencement d'un monde nouveau.

Mais, alors, il aura ce qui lui manque aujourd'hui,
non pas le couronnement dont je parlais tout à l'heure,
mais ce que les siècles seuls peuvent donner et ce
qu'un grand poëte a si bien défini dans son *Ode à
l'Arc de Triomphe* :

> Non, tu n'es pas fini, quoique tu sois superbe!
> . . . .
> A ta beauté royale il manque quelque chose;
> Les siècles vont venir pour ton apothéose
>   Qui te l'apporteront :
> Il manque sur ta tête un sombre amas d'années

Qui pendent pêle-mêle et toutes ruinées
    Aux brèches de ton front !

Il te manque la ride et l'antiquité fière,
Le passé, pyramide où tout siècle a sa pierre,
Les chapiteaux brisés, l'herbe sur les vieux fûts,
Il manque sous ta voûte où notre orgueil s'élance
Ce bruit mystérieux qui se mêle au silence,
Le sourd chuchotement des souvenirs confus !

La vieillesse couronne et la ruine achève ;
Il faut à l'édifice un passé dont on rêve,
    Deuil, triomphe ou remords.

. . . .

Il faut que le vieillard, chargé de jours sans nombre,
Menant son jeune fils sous l'arche pleine d'ombre,
Nomme Napoléon comme on nomme Cyrus,
Et dise en la montrant de ses mains décharnées :
« Vois cette porte énorme : elle a trois mille années ;
» C'est par là qu'ont passé des hommes disparus ! »

                (VICTOR HUGO.)

CHAPITRE XII.

Le 30ᵉ quartier, au seuil duquel se dresse l'Arc
de Triomphe, a pour limites les avenues Matignon,
des Champs-Élysées et de Wagram, le boulevard et
la rue de Courcelles, les rues Abbatucci, du Faubourg-
Saint-Honoré, Montaigne et Rabelais. On le nomme le
quartier du **Faubourg du Roule**, bien que la voie
principale qui le traverse porte le nom de rue du Faubourg-Saint-Honoré ; en voici la raison :

Aux temps éloignés de nous où le ruisseau de Ménilmontant coulait à ciel ouvert à travers les marais
que recouvre aujourd'hui le VIIIᵉ arrondissement, il
séparait l'un de l'autre deux villages qui s'étaient formés
sur le vieux chemin de Clichy ; l'un de ces villages, le
plus ancien et le plus éloigné de l'enceinte de Paris,
était le *village du Roule* ; l'autre, plus récent et plus
voisin de la ville, s'appelait le *faubourg Saint-Honoré*,
du nom de la porte à laquelle il confinait et qui était
située un peu au-dessous du couvent de l'Assomption.
Le village du Roule ayant été réuni en partie à la ville
de Paris au XVIIIᵉ siècle, on l'éleva au rang de faubourg, et sa principale artère s'appela la rue du Fau-

bourg du Roule, entre la rue de la Pépinière (aujour-
d'hui rue Abbatucci) et la barrière, la partie inférieure
conservant le nom de rue du Faubourg-Saint-Honoré.

Ce ne fut qu'en 1847 que l'on fit disparaître cette
dualité d'appellation qui n'avait plus de raison d'être,
et que l'on désigna toute la rue sous un seul nom,
rue du Faubourg-Saint-Honoré.

Mais la barrière qui existait encore en 1860 à son
extrémité et qui séparait Paris du village des Ternes,
continuait de s'appeler barrière du Roule, et ce nom se
perpétuait par la tradition dans la conversation jour-
nalière de la plupart des Parisiens ; on a donc bien
fait de reconnaître la légitimité de cette tradition en
donnant officiellement le nom de l'ancien village,
devenu Faubourg-du-Roule, à un quartier, assez pauvre
d'ailleurs en monuments et en souvenirs historiques.

Il vous a paru surprenant sans doute, mes enfants,
de voir le nom de *chemin de Clichy* donné à la voie
qui est devenue la rue du Faubourg Saint-Honoré, et
qui est plutôt dans la direction de Neuilly que dans
celle de Clichy. Tel est pourtant le nom que porte
cette voie sur un vieux plan reproduisant la physio-
nomie de Paris au temps de Philippe-Auguste, et vous
n'en serez plus étonnés, quand vous saurez que Neuilly
est un village de création moderne, compris jadis
dans Clichy, où les rois mérovingiens avaient une
maison de campagne. Ajoutez que nos pères ne redou-
taient nullement d'allonger leur route, pour éviter une
côte rapide : on allait donc à Clichy par la porte
Saint-Honoré et par le village de Roule, parce que le

voyage, quoique plus long, était plus facile, et peut-être aussi parce qu'il n'existait pas, pour franchir le ruisseau de Ménilmontant, d'autre pont que le pont Arcans, situé près du Roule.

Dès l'an 1697, les habitants du village du Roule étaient assez nombreux pour adresser à l'archevêque de Paris, avec quelques chances de succès, une supplique dans laquelle ils exposaient qu'ils se trouvaient trop éloignés des églises (la plus voisine était celle de la Ville-l'Évêque), et demandaient la permission de bâtir une chapelle et d'ériger cette chapelle en paroisse.

Cette double permission leur fut accordée le 1er mai 1699.

Bientôt l'accroissement de la population de ce village, érigé en faubourg en 1722, et le peu d'étendue de la chapelle, firent sentir la nécessité de construire un plus vaste édifice. Par arrêt du conseil royal du 12 mai 1769, cette construction fut décidée, et l'on en chargea l'architecte Chalgrin (le même qui, dans sa vieillesse, a fourni le plan de l'Arc de Triomphe).

Commencée en 1769, l'église ne fut achevée qu'en 1784 ; on la dédia à saint Philippe, l'un des douze apôtres, et comme l'usage s'établit de joindre au nom de son patron celui de l'ancien village, on l'appela et on l'appelle encore **Saint-Philippe du Roule**.

Sur un perron composé de quelques marches s'élève la façade de cette église, dont le plan est très-simple : à l'extérieur, quatre colonnes doriques, d'un fort diamètre, supportent un entablement et un fronton orné de bas-reliefs qui représentent la Religion et ses at-

6.

tributs et qu'a sculptés Duret ; à l'intérieur, deux pé-
ristyles d'ordre ionique, formés chacun de six colonnes,
séparent la nef des bas côtés ; ils se terminent par
deux chapelles dédiées, l'une à la Vierge et l'autre au
patron de l'église.

Elle offre un détail curieux : la voûte, qui paraît
être en pierres, n'est qu'en charpente, mais cette construction économique est exécutée avec tant d'art et de
soins qu'elle fait illusion. Devenue encore trop petite
pour la population des quartiers qui l'environnent, elle
a été, dans ces dernières années, augmentée d'une
chapelle, érigée au fond de l'abside, du côté de la rue
de Courcelles. Cette addition est cachée par les bâtiments voisins de l'église, et la façade seule apparaît,
attirant le regard par sa noble simplicité.

C'est autour de Saint-Philippe qu'on retrouve les
plus nombreux vestiges des constructions modestes et
souvent très-pauvres où se logeaient les habitants du
Roule : les transformations subies par le VIIIe arrondissement n'ont pas encore jeté à terre un groupe de
maisons basses et vieilles qui constitue le passage Saint-
Philippe ; mais le prolongement en cours d'exécution de
l'avenue d'Antin doit en faire disparaître la plus grande
partie et amènera très-probablement le remplacement
de presque tout le reste par de beaux hôtels analogues
à ceux qui bordent le faubourg. Quoi qu'il en soit, le
Roule a été jusqu'alors et sera encore, de tous les
anciens villages entrés dans la formation du VIIIe arrondissement, celui qui renferme le plus grand nombre
de travailleurs. Aussi a-t-on construit près de l'église

Saint-Philippe du Roule, dont il n'est séparé que par une grille, un large bâtiment affecté au service scolaire.

Ce n'est pas assurément le seul de ce genre que possède l'arrondissement qui nous occupe, mais puisque nous rencontrons celui-ci sur notre route, annexé pour ainsi dire à l'église du quartier, je saisirai l'occasion qui s'offre à moi de vous faire en quelques mots, mes enfants, l'historique de l'instruction primaire à Paris.

Un règlement qui porte la date de l'année 1357 prouve qu'il existait alors dans les divers quartiers des établissements privés qu'on appelait les *petites écoles de Paris*. C'était, en vertu d'un privilége déjà ancien, le chantre de Notre-Dame qui était le maître souverain de ces écoles; il fallait lui payer chaque année une redevance pour avoir le droit d'apprendre à lire aux garçons et aux filles.

Les enfants n'avaient pas alors, comme ils en ont aujourd'hui, des bancs pour s'asseoir et des tables pour écrire; ils se tenaient debout, ou bien, assis sur la paille (sur le *fouarre*, en vieux français), ils écrivaient sur leurs genoux; et cela se passait aussi bien dans les établissements d'instruction supérieure que dans les petites écoles, ainsi que le prouve le nom de *rue du Fouarre* donné à la rue dans laquelle de célèbres savants ont pris leurs grades ou donné leurs leçons.

Quelques maîtres ou quelques maîtresses, cherchant à se soustraire à l'impôt que prélevait le chantre de Notre-Dame, avaient ouvert des écoles clandestines au fond de quelques jardins situés dans des faubourgs ; c'est de là qu'est venue l'expression d'*école buissonnière*, dont le sens a été bien détourné par la suite.

A la fin du xvɪɪᵉ siècle, on fonda dans chaque paroisse une école de charité. Ces nouvelles écoles firent tomber les anciennes, malgré la vive opposition du chantre de Notre-Dame, qui considérait qu'on attentait ainsi à ses prérogatives et à sa propriété. On ne tint pas compte de son opposition, et ces écoles prospérèrent jusqu'à la Révolution, qui les remplaça par des écoles publiques que dirigeaient des maîtres laïques. Ces écoles ont été rétablies depuis sous le nom d'écoles congréganistes, et celles qui sont destinées aux garçons sont tenues par les frères de la Doctrine chrétienne, organisés en corporation vers 1681 par *l'abbé de la Salle*; celles qui reçoivent les filles sont tenues par des sœurs de différents ordres.

Une loi de 1833, qui régit encore l'instruction primaire, a constitué l'un à côté de l'autre, de manière à laisser le choix aux pères de famille, l'enseignement par des laïques et l'enseignement par des congréganistes ; l'un et l'autre sont donnés gratuitement à Paris.

Quant aux salles d'asiles dont l'enseignement forme, pour ainsi dire, la préface de celui de l'école, elles datent en France de l'année 1771. Leur berceau fut une petite commune des Vosges, *le Ban-de-la-Roche*. C'est là que le pasteur *Oberlin* fonda la première des *écoles à tricoter*, ainsi appelée parce que les petits enfants qui y étaient recueillis et auxquels on apprenait la prière, la lecture, le chant, le dessin et le calcul, étaient en outre exercés au travail manuel.

La première salle d'asile modèle fut créée par M. Cochin, sous le nom d'école maternelle, et une ordonnance du 22 décembre 1837 revendiqua cette instutition comme faisant partie de la hiérarchie des institutions d'éducation nationale.

Comme vous le voyez, mes enfants, ce siècle a fait beaucoup pour l'instruction et la moralité publiques : avant l'école qui reçoit l'enfant à partir de six ans, est venue se placer la salle d'asile qui le prend à trois ans; puis la crèche, œuvre privée, qui le prend à sa naissance.

Certes le progrès accompli est déjà considérable ; mais soyez assurés qu'il le sera plus encore. La sécurité des sociétés modernes repose sur l'instruction populaire, et la prospérité d'une nation dépend des soins intelligents qu'elle donne au corps et à l'esprit de l'enfance : quand la mortalité des enfants diminue, la santé des adultes devient plus vigoureuse, la durée moyenne de la vie s'augmente, et par l'effet de cette double cause, la population du pays s'accroît, et avec elle sa vitalité.

Je viens de vous faire voir comment est cultivé à Paris l'esprit des enfants et même des adultes (car il y a pour ceux-ci des cours publics dus à l'initiative gouvernementale ou privée); je vais vous montrer maintenant comment on vient au secours des indigents et des malades.

CHAPITRE XIII.

L'HOPITAL BEAUJON. — LA CHAPELLE SAINT-NICOLAS.
LES MAISONS DE SECOURS.

C'était la mode, dans le dernier siècle, pour les grands seigneurs et pour les riches financiers, d'avoir aux portes de Paris une maison de plaisance, qui prenait le nom de *Petite Maison*, quand elle était de dimensions modestes, et celui de *Folie,* quand elle était plus fastueuse.

Le côté de la ville que nous étudions était couvert de Petites Maisons, mais on n'y trouvait qu'une Folie, la Folie-Beaujon.

Jean-Nicolas **Beaujon**, né à Bordeaux en 1718 selon les uns, en 1722 selon les autres, mort à Paris le 8 ventôse an VIII (29 décembre 1799), était entré fort jeune dans les affaires.

Très-entendu aux choses de la banque, il y fit une fortune rapide, et de ses richesses, qui devinrent considérables, fit le plus noble et le plus généreux emploi.

Consciller d'État, fermier général et banquier de la cour, il se bâtit dans le faubourg du Roule une maison de campagne, que sa splendeur fit nommer la *Folie-Beaujon* et qui, convertie en jardin public dans les dernières années du xviiie siècle et les premières du XIXe, jouit pendant quelque temps d'une grande vogue.

Elle couvrait une vaste étendue de terrains, qui est aujourd'hi traversée par plusieurs voies publiques, bordées de nombreuses maisons et renfermant une population égale à celle d'une ville ordinaire.

Beaujon était un homme de bien, un homme charitable, qui tout en usant largement pour lui-même de son opulence, savait en faire une part pour les malheureux.

Il fit construire en 1784, en face de ses jardins, par son architecte *Girardin*, une maison destinée à recevoir 24 orphelins de la paroisse Saint-Philippe du Roule, 12 garçons et 12 filles, et il la dota de 20,000 livres de rente, somme très-forte pour l'époque.

Dans la suite, cet hospice reçut une autre destination: la Convention, ayant supprimé diverses maisons hospitalières, ordonna, par un décret du 17 janvier 1795, la transformation de l'hospice Beaujon en un hôpital général, qu'elle priva du nom de son fondateur et qui dut porter le nom d'*Hôpital du Roule*. La Révolution ne pouvait, en effet, oublier que Beaujon avait été l'un des fermiers généraux, et, dans sa juste colère contre ces collecteurs de l'impôt dont les exactions aussi bien que les rigueurs étaient trop connues, elle ne lui pardonnait pas ce titre en faveur de ses vertus privées. La postérité ne devait pas ratifier ce changement! Bientôt un arrêté du conseil général des hospices rendait à l'établissement créé en 1784 le nom d'**Hôpital Beaujon**, en lui conservant toutefois la destination plus large que lui avait donnée la Convention.

La maison construite par l'architecte Girardin était celle qui forme aujourd'hui la façade principale de l'hôpital sur la rue du Faubourg-Saint-Honoré ; cette façade a 32 mètres de développement.

La nouvelle affectation de l'édifice exigeait son agrandissement ; on y a procédé à plusieurs reprises par la création de pavillons alignés derrière le pavillon d'origine.

On porta d'abord à 150 le nombre des lits de malades ; plus tard, un bienfaiteur des hospices, M. *Trabuchi*, leur ayant fait un legs important, on se servit des fonds en provenant pour créer, de 1837 à 1844, quatre nouveaux pavillons et porter le nombre des lits à 400 environ.

Dans ces dernières années, 1869-1875, les anciens pavillons ont été en partie reconstruits, aux frais de la Ville de Paris, dans le double but de les sauver de la ruine qui les menaçait et de les mettre plus en rapport avec les exigences de la science moderne. Il paraît problable que d'autres travaux devront être entrepris encore à l'hôpital Beaujon dans un avenir assez rapproché, car ses bâtiments de service du côté de la rue de Courcelles paraissent laisser beaucoup à désirer ; en tout cas, ils sont d'un triste aspect au milieu du splendide quartier qui se forme aux alentours du Parc Monceaux.

Je ne parle ici, bien entendu, que des bâtiments de service, puisque les bâtiments de l'hôpital proprement dit viennent d'être refaits.

7

Tel qu'il est, c'cst un des plus vastes et des plus
beaux hôpitaux généraux de Paris qui en possède
huit, et il rend d'immenses services à la population
ouvrière : chaque année 7,000 malades y sont traités,
et l'on y donne plus de 15,000 consultations à ceux
qui peuvent se faire soigner chez eux. Aussi le per-
sonnel médical de cet hôpital est-il fort nombreux :
il se compose de 57 personnes, savoir : 4 médecins,
2 chirurgiens, 1 pharmacien, 14 internes en médecine
et en pharmacie, et 36 élèves externes.

Nicolas Beaujon ne s'était pas borné à élever l'hospice qui est devenu ce grand hôpital ; il avait fait
bâtir à ses frais de l'autre côté de la rue, et sur les
dépendances de son habitation, une chapelle que
vous pouvez voir encore à l'entrée de la rue des Écuries d'Artois.

Cette chapelle est due, comme le bâtiment principal
de l'hôpital Beaujon, à l'architecte Girardin, et elle
porte sur son fronton en lettres capitales : *Sancto
Nicolao*, ce qui veut dire qu'elle est dédiée à Saint-
Nicolas, patron de son fondateur.

Le portail est d'une grande simplicité, et la nef
est séparée, par deux rangs de colonnes isolées, de
deux galeries latérales dont les murs offrent des niches
élevées sur un stylobate ; la lumière descend dans
cette nef par une lanterne carrée.

La **Chapelle Saint-Nicolas** n'appartient plus
depuis deux ou trois ans seulement à l'administration de l'Assistance publique qui l'a vendue à un
particulier ; cette aliénation a-t-elle été faite avec ou

sans obligation de conserver ce petit édifice? c'est ce que je ne saurais dire. En tout cas, il serait fâcheux qu'il disparût, car il est assez remarquable, et comme vous le voyez, mes enfants, il offre un intérêt historique.

Je viens de vous faire toucher du doigt dans l'hôpital Beaujon l'un des procédés par lesquels se manifeste la charité publique ; je puis, sans sortir du quartier du Faubourg du Roule, vous montrer les deux autres procédés dont elle se sert, la *maison de secours* et le *mont-de-piété.*

En effet, ce n'est pas le tout de traiter les maladies aiguës, il est une autre maladie, chronique celle-là, qui appelle toute l'attention des pouvoirs publics, c'est la misère et les maux qu'elle engendre ; pour traiter cette maladie-là, il y a les maisons de secours.

Le VIII° arrondissement en possède trois, la première rue de Monceau, tout près de l'hôpital Beaujon, la seconde rue de la Ville-l'Évêque, et la troisième bâtie tout récemment rue Malesherbes, derrière l'église Saint-Augustin.

Organisée déjà par Colbert, l'Assistance publique a reçu en 1801 seulement sa première organisation rationnelle, et c'est au ministre CHAPTAL, dont nous retrouverons bientôt le nom dans notre excursion à travers le VIII° arrondissement, qu'elle en est redevable. De cette organisation datent les maisons de secours qui distribuent, sous le contrôle des bureaux de bienfaisance, des soulagements de toutes sortes, médicaments, aliments même, à la population indigente de chaque arrondissement.

Notons en passant un souvenir disparu du VIIIe arrondissement : il existait une rue Rumford, que le percement du boulevard Malesherbes a absorbée. *Rumford* qui avait donné son nom à cette rue, était un physicien philanthrope d'origine américaine, mort en 1814, dont le titre à la reconnaissance des hommes est principalement l'invention des soupes économiques, au moyen d'une marmite qu'on appelle marmite à la Rumford : or, chaque maison de secours est pourvue d'une marmite de ce genre.

Quant aux Monts-de-piété, ce n'est pas la misère qu'ils prétendent guérir, c'est la gêne momentanée qu'ils doivent soulager. Fondés en 1777, sur le modèle d'établissements de ce genre existant en Italie, ils font des prêts d'argent, en rapport avec la valeur de l'objet mobilier qu'on leur remet en nantissement. Leurs bénéfices, au cas qu'ils en fassent, ce qui est rare, sont versés dans la caisse de l'Assistance publique.

Le Mont-de-piété de Paris a établi dans les divers arrondissements des bureaux auxiliaires, destinés à épargner aux emprunteurs les fatigues d'une longue course au chef-lieu, situé dans le centre de la ville, ou les frais supplémentaires que comporte l'emploi de certains intermédiaires : le VIIIe arrondissement possède un de ces bureaux, également dans le quartier du Faubourg du Roule.

Je ne voudrais pas vous faire sortir de ce quartier, mes enfants, sans vous dire qu'on y pouvait voir encore, il y a vingt-cinq ans, un autre hôpital, réservé aux militaires : on l'avait installé dans d'anciennes

écuries royales, que le comte d'Artois avait fait construire pour son service particulier, avant son avénement
au trône sous le nom de Charles X, et qui ont laissé
leur nom à une rue du quartier, la rue *des Écuries
d'Artois*.

L'hôpital militaire a disparu dans les transformations
qui ont assaini et embelli ce coin de Paris; bien d'autres
choses encore ont été vues là par nos pères, dont il
nous est presque impossible aujourd'hui de soupçonner
l'existence : qu'est devenue, par exemple, cette *Char-
bonnière*, dont les âcres senteurs devaient se mêler
aux parfums des jardins de la Folie–Beaujon, sa voisine? Où sont les moulins à vent, qu'un plan de 1839
nous montre au point le plus élevé de l'avenue *Fortunée*, aujourd'hui rue Balzac? Mais, comme dit un
vieux poëte français,

> Où sont les neiges d'antan?

CHAPITRE XIV.

LE 31ᵉ QUARTIER. — LE FAUBOURG SAINT-HONORÉ ET SES HÔTELS.
— LA MAIRIE. — LE MARCHÉ D'AGUESSEAU.

Le 31ᵉ quartier n'est pas un des moins intéressants de ceux qui composent le VIIIᵉ arrondissement. En effet, il s'appelle le quartier de **la Madeleine**, ce qui vous indique tout d'abord que ce superbe édifice y est situé ; il renferme les hôtels jumeaux de la place de la Concorde que vous connaissez déjà, et le palais de l'Élysée, qui a donné son nom à l'arrondissement tout entier ; on y trouve de nombreux souvenirs du vieux Paris, tels que le Faubourg Saint-Honoré, l'enclos de la Ville-l'Évêque, la ferme des Mathurins, et bien d'autres encore que je vous ferai connaître quand nous les rencontrerons sur notre route ; enfin, les mœurs modernes et les lois qui en sont l'expression, ayant établi la liberté des cultes, les étrangers, qui abondent dans ce quartier luxueux, y ont fait édifier à leurs frais divers temples où ils adorent Dieu dans leur langue et suivant les règles de leurs croyances.

Il est séparé du quartier des Champs-Élysées par le côté septentrional de la place de la Concorde et l'avenue Gabriel ; du quartier du Faubourg du Roule, par l'avenue Matignon, les rues Rabelais, Montaigne, du Faubourg-Saint-Honoré et Abbattucci ; du quartier de

l'Europe, par les rues Abbattucci, de la Pépinière et
Saint-Lazare; enfin des arrondissements limitrophes,
par les rues du Havre, Tronchet, de la Ferme des
Mathurins, le boulevard de la Madeleine et les rues
Duphot, Richepanse et Saint-Florentin.

Procédons par ordre si nous voulons que notre
inventaire des richesses historiques de ce quartier
soit fait clairement, et occupons-nous d'abord du **Faubourg Saint-Honoré**.

Je vous ai indiqué déjà, mes enfants, les débuts de
ce faubourg, né d'une agglomération de maisons à
l'une des portes de Paris, en vertu de cette loi fatale
qui a créé dans un passé lointain tous les autres faubourgs et, plus récemment, les communes annexées à
Paris en 1860, et qui maintenant encore, crée de nouveaux villages en dehors de l'enceinte fortifiée. Ce que
je ne vous ai pas dit, c'est l'origine du nom qu'il
porte.

Au temps de Philippe-Auguste, un boulanger, nommé
Renold Chéreins, et sa femme érigèrent, sur un terrain
qu'ils possédaient dans la rue de la Charronnerie,
une chapelle qu'ils dédièrent à Saint-Honoré, patron
de la corporation des boulangers. Cette chapelle qui fut
enrichie par des donations successives, et qui ne disparut qu'en 1792, avec le tombeau du cardinal Dubois
qu'elle renfermait, fit donner le nom de Saint-Honoré,
d'abord à la rue où elle était située, puis à la porte
de la ville qui se trouvait à l'extrémité de cette rue,
et enfin au faubourg qui en fut plus tard la continuation.

La rue du Faubourg–Saint-Honoré offre un aspect curieux; tout le côté gauche depuis la rue Boissy-d'Anglas jusqu'à l'avenue Marigny, est occupé par de riches hôtels aux façades monumentales; le côté droit, au contraire, est bordé de maisons très-ordinaires.

Cette particularité tient à ce que les rues adjacentes, à droite, sont très-rapprochées les unes des autres, tandis qu'à gauche, aucune voie publique ne vient couper les larges espaces compris entre le faubourg et les Champs-Élysées. Il en est résulté que ceux qui pouvaient se donner le luxe d'une habitation princière ont établi leurs pénates sur ces vastes terrains, où il y avait place, non-seulement pour un hôtel et ses dépendances, mais encore pour de magnifiques jardins qui mériteraient presque d'être appelés des parcs. Ces jardins s'ouvrent sur les Champs-Élysées, tandis que les hôtels dont ils dépendent ont leur entrée sur la rue du Faubourg-Saint-Honoré.

Les plus remarquables de ces hôtels sont, après l'Élysée dont je vous parlerai bientôt plus longuement, l'hôtel que Joseph Bonaparte habitait en 1800, et que Napoléon Ier donna en présent de noces au maréchal Suchet, duc d'Albuféra, qui y est mort en 1826; l'hôtel Borghèse, construit pour la princesse Pauline, sœur de l'Empereur, et habité aujourd'hui par l'Ambassadeur d'Angleterre; l'hôtel Pontalba, élevé par Visconti dans le style du XVIIIe siècle, le plus élégant et le plus riche peut-être du faubourg; l'hôtel bâti par le marquis de Brunoy, où ont demeuré successivement le maréchal Marmont et la princesse Bagration; les hôtels Marbeuf

7.

et Furtado, l'un déjà ancien et l'autre moderne ; enfin les hôtels édifiés plus récemment encore pour MM. Fould et Péreire, le premier bâti par M. Labrouste, en briques et en pierres, dans le style Louis XIII, et le second bâti par l'architecte de l'hôtel du Louvre, dans le style Louis XIV.

Pour en finir avec ce sujet, je dois vous citer quelques autres hôtels qui se trouvent tous dans le quartier de la Madeleine, mais dont un seul est situé dans la rue du Faubourg-Saint-Honoré.

L'hôtel Beauveau, précédé d'une vaste cour que ferme une grille monumentale encadrée entre deux groupes de colonnes doriques accouplées, s'élève dans l'axe de l'avenue de Marigny. Depuis 1861, il est affecté à l'habitation du ministre de l'Intérieur. Il a été construit au xviiiᵉ siècle par l'architecte Le Camus de Maizières pour le maréchal de Beauveau ; le poëte Saint-Lambert y mourut en 1803 sous les yeux de la comtesse d'Houdetot ; le duc de Noailles, puis la veuve du général Dupont qui signa la funeste capitulation de Baylen, l'habitèrent ensuite.

A côté de l'hôtel du ministre, se trouvent les bureaux du ministère, disséminés dans quelques maisons de la rue Cambacérès. Dans les dépendances de l'une d'elles, se trouve un petit pavillon qu'a longtemps habité un grand poëte, Lamartine.

Dans la rue Tronchet, un architecte d'un rare talent, à qui l'on doit la superbe façade de l'École des Beaux-Arts au quai Malaquais, Duban, a élevé, dans le style de la Renaissance, le magnifique hôte lPourtalès.

Rue Boissy d'Anglas, à l'angle de l'avenue Gabriel, se trouve un hôtel, occupé aujourd'hui par un cercle, et autrefois par un original fameux, nommé Grimod de la Reynière, aussi célèbre par sa gourmandise que par les mystifications qu'il faisait subir à ses invités.

Enfin, il me reste à vous signaler dans la rue d'Anjou, un hôtel qui n'a rien de bien remarquable par lui-même, mais qui doit appeler votre attention parce qu'il sert de **Mairie** au VIIIᵉ arrondissement. C'est l'ancien hôtel de Contades, construit dans le siècle dernier pour une vieille famille qui a donné des généraux et des maréchaux à la France. La Ville de Paris l'a acheté, vers 1831, pour transférer dans des localités plus convenables les services de la mairie du premier arrondissement (devenu le VIIIᵉ), qui étaient installés à cette époque rue du Faubourg-Saint-Honoré, nº 14, dans un immeuble en location.

C'est là qu'est le centre de la vie publique d'un arrondissement : le public y trouve en effet, à côté des services proprement dits de la mairie, tels que l'état civil, le recrutement, les écoles et salles d'asile, les élections, etc., des services annexes non moins importants, tels que la justice de paix et le bureau de bienfaisance. Aussi est-il nécessaire de donner aux mairies de Paris des abords faciles, et à ce point de vue la situation de celle du VIIIᵉ arrondissement au milieu d'une rue relativement étroite, laisse-t-elle peut-être à désirer.

A côté de ces beaux hôtels qui appelaient par eux-mêmes notre attention, la rue du Faubourg-Saint-Honoré renferme des habitations plus modestes auxquelles se rattache quelque souvenir historique.

C'est ainsi qu'ont demeuré, au n° 6 de cette rue, Pétion qui fut maire de Paris après Bailly ; au n° 30, Guadet, l'un des Girondins ; au n° 48, Siéyès qui prit part au 18 brumaire et fut un instant consul avec le général Bonaparte ; au n° 73, le maréchal Moncey dont nous retrouverons le nom héroïque aux limites de l'arrondissement ; enfin au n° 118, le savant géomètre Lagrange qui y est mort en 1813.

Je ne dois pas me borner, mes enfants, à vous montrer ce qui est beau et ce qui est grand ; il ne faut pas craindre de signaler, quand c'est nécessaire, même ce qui est plutôt fait pour attrister nos regards que pour les charmer. Eh bien, défiez-vous de l'apparence extérieure de quelques maisons qui s'ouvrent, soit sur la rue du Faubourg-Saint-Honoré à son entrée, soit sur cette belle rue Royale qui unit la Madeleine à la place de la Concorde ; derrière ces maisons se cache un amas de vieilles masures, qui s'étendent jusqu'à la rue Boissy d'Anglas, et dont l'aspect n'est rien moins que satisfaisant.

Voici pourquoi je devais vous parler de ces masures, connues sous le nom de cité Berryer : c'est qu'elles renferment un marché public, qui a son origine dans un acte de bienfaisance de l'un des habitants du Faubourg Saint-Honoré.

Ce faubourg, ainsi que son voisin, le village du Roule, étaient sans marché public, et le plus voisin d'eux se trouvait à une grande distance.

Joseph Antoine **d'Aguesseau**, conseiller honoraire au parlement de Paris, en établit un à ses frais dans le marais qui avoisinait son hôtel, situé dans la rue appelée depuis rue d'Aguesseau. Il poursuivit avec activité cette opération qui exigea, de 1722 à 1723, quelques échanges et acquisitions de terrains, mais ce fut son frère, le Chancelier de France, qui la termina.

La rue qui aboutit au milieu de celle d'Aguesseau, et qui avant de porter le nom de Montalivet, s'appelait rue du Marché, indique le premier emplacement du **Marché d'Aguesseau**. Dès 1745, on jugea que ce marché serait plus convenablement situé s'il était rapproché de la ville même, et on le transféra au lieu où il est aujourd'hui, en vertu de lettres-patentes du roi, permettant d'y établir six étaux de boucherie, et des échoppes pour boulangers, fruitiers, poissonniers, etc.

C'est ainsi que la rue du Faubourg-Saint-Honoré est marquée à ses deux extrémités par le souvenir durable de deux actes de bienfaisance. D'un côté, au milieu du vieux faubourg Saint-Honoré, c'est le marché d'Aguesseau, et de l'autre côté, au milieu du village du Roule, c'est l'hôpital Beaujon : la postérité a conservé le nom du généreux financier au fronton de cet asile de la souffrance, malgré les transformations dont il a été l'objet ; espérons qu'elle sera aussi juste envers le conseiller au parlement et que le marché du quartier du Faubourg du Roule, rebâti dans des conditions meilleures d'hygiène et de salubrité, conservera le nom de marché d'Aguesseau !

CHAPITRE XV.

LE PALAIS DE L'ÉLYSÉE. — SON ORIGINE ET SON HISTOIRE. —
L'HÔTEL SAINT-FLORENTIN.

Ne quittons pas encore le Faubourg Saint-Honoré,
mes enfants; il renferme un palais national, que je
me suis borné à vous nommer en passant, et qui
mérite un examen plus approfondi. Je veux parler
du **Palais de l'Élysée**, qui a été, depuis plus de
cent ans, le témoin de bien des faits historiques, qui a
logé successivement d'illustres ou de médiocres personnages, qui a donné son nom au VIIIe arrondissement, et qui, enfin, sert d'habitation au chef de l'État,
au Président de la République Française.

A l'origine, il s'appelait *l'hôtel d'Évreux*, ayant été
construit par Molet en 1718 pour le comte de ce
nom ; c'était déjà l'une des plus charmantes résidences
qu'on pût rêver, bien qu'il n'eût alors rien de plus
que les hôtels, ses voisins, dont je vous ai cité les
plus remarquables. Mais bientôt il passa aux mains
de la marquise de Pompadour, et il commença
d'avoir les allures d'un palais. Qu'était-ce donc que
la marquise de Pompadour?

C'était une femme d'une grande beauté, qui sut
prendre beaucoup d'empire sur l'esprit du roi

Louis XV, et qui n'usa pas toujours pour le bien
de la France qu'elle se mêlait de vouloir gouverner,
de la puissance qu'elle avait acquise.

Jeanne Antoinette Poisson, fille d'un écuyer du duc
d'Orléans, régent du royaume pendant la minorité de
Louis XV, était née à Paris, rue de Cléry, en dé-
cembre 1721, et elle avait épousé en 1741 le sieur
Lenormand d'Étioles, fils d'un trésorier général des
Monnaies.

Peu de temps après, elle était créée *marquise de
Pompadour* par Louis XV, qui ne vit plus que par
les yeux de cette femme, toute puissante jusqu'à son
dernier jour, c'est-à-dire jusqu'au 14 avril 1764.

A beaucoup d'amabilité, elle joignait de l'esprit et
des talents ; mais elle gouvernait en femme, et en
femme sans cesse agitée par la peur de voir s'éva-
nouir son influence sur l'esprit du roi. Son pouvoir
n'en fut que plus funeste, et il donna lieu, un jour
qu'elle passait en carrosse sur un pont nouvellement
construit, à ce mot que tout le monde répéta : « Ce
» pont doit être bien solide, car il vient de supporter
» le plus lourd fardeau de la France! »

La favorite habita l'hôtel d'Évreux jusqu'à sa mort.
C'est elle qui, sans souci des règlements de voirie et
sans consulter d'autre autorité que la sienne, augmen-
ta son jardin aux dépens des Champs-Élysées, en en
faisant reculer la grille vers le midi, et causa ainsi
le détour que fait l'avenue Gabriel autour de l'Élysée.

Le sieur Poisson, son frère, fait marquis de **Marigny** par la grâce de sa sœur, devint le propriétaire

de cet hôtel, mais comme il redoutait les caprices de
la fortune, il préféra se défaire à prix d'argent de
cette belle résidence, encore embellie par ses soins:
car sa sœur l'ayant fait nommer directeur des bâtiments du roi, il avait profité de cette situation pour
faire ouvrir et planter, aux frais du trésor royal, une
avenue qui, en isolant l'hôtel d'Évreux du côté de
l'ouest, en augmentait la valeur, et qui prit le nom
qu'elle porte encore aujourd'hui, celui d'avenue Marigny. Ce fut Louis XV qui acheta l'hôtel Pompadour,
comme on l'appelait alors. Il avait projeté d'y loger
les ambassadeurs extraordinaires, envoyés vers lui
par les puissances étrangères; mais on y installa le
mobilier de la couronne, jusqu'à l'achèvement du
bâtiment destiné à servir de garde-meubles.

En 1773, le roi le céda à un riche financier que
vous connaissez bien, Beaujon. Le nouveau propriétaire
y fit faire par l'architecte Boullée des embellissements
considérables, puis le revendit au roi Louis XVI qui
désirait en faire don à une princesse de la maison de
Condé, la duchesse de Bourbon. Ce fut celle-ci qui
donna à son hôtel le nom d'*Élysée-Bourbon*; elle l'habita jusqu'à la Révolution.

Devenu propriété de l'État en vertu des lois contre
les émigrés, l'Élysée fut d'abord affecté à l'imprimerie
nationale, puis, lors de l'installation de ce service dans
d'autres bâtiments, il fut loué à divers entrepreneurs
de fêtes publiques, toujours sous la dénomination
d'*Élysée*.

En 1803, il fut acheté par Murat, ce soldat d'origine

plébéienne, à qui sa bravoure proverbiale et sa capacité
comme général de cavalerie avaient valu le bâton de
maréchal de France, et que sa parenté avec Napo-
léon Ier, dont il avait épousé une sœur, fit monter sur
le trône de Naples. C'est en 1808 que Murat quitta
l'Élysée pour le palais des Rois des Deux-Siciles, où
il ne devait pas séjourner longtemps d'ailleurs, la chute
de l'Empereur entraînant forcément celle de ses frères;
vous savez comment il périt : il essaya de reconqué-
rir sa couronne, tomba au pouvoir de ses ennemis et
fut fusillé par eux en 1815.

Napoléon ayant acquis pour le compte de l'État la
résidence de son beau-frère, la fit embellir et en mo-
difia beaucoup l'ordonnance intérieure. Il l'appelait
l'Élysée-Napoléon et venait quelquefois s'y reposer.

En 1815 après la défaite de Waterloo, c'est à l'Élysée qu'il se retira. Quand la foule amassée dans l'avenue Marigny, l'apercevait à travers les grilles du jardin,
elle le saluait de ses cris et réclamait ardemment sa
présence, au moins comme général, à la tête de l'armée.
Plus d'une fois il fut tenté de l'écouter et de ressaisir
son épée. Mais enfin il se résigna à s'éloigner, et signa
sa seconde abdication dans le salon de travail, sa
chambre favorite à l'Élysée.

Quelques jours plus tard, le commandant en chef des
armées ennemies dont je vous ai dit l'entrée triomphale aux Champs-Élysées, lord Wellington, venait ha-
biter ce palais.

Il y était rejoint bientôt par l'empereur de Russie,
Alexandre Ier, qui y séjourna quelque temps.

Lors de la première invasion en 1814, Alexandre n'avait pas voulu loger à l'Élysée, un billet reçu par lui pendant la revue des troupes coalisées l'ayant assuré que le palais était miné. Il n'y croyait guères, mais il saisit cette occasion de flatter M. de Talleyrand en acceptant de loger dans le magnifique hôtel que possédait ce personnage dans la rue Saint-Florentin, un peu au-dessus du ministère de la marine, hôtel que le comte *Phélypeaux de* **Saint-Florentin** s'était fait construire dans le siècle précédent.

Alexandre logeait au premier étage de cet hôtel, et c'est au-dessous de lui, à l'entre-sol, que se débattaient les intérêts de notre pays envahi ; c'est là que fut reçue la première abdication de Napoléon Ier et que fut décidée par quelques hommes seulement la Restauration des Bourbons.

Mais revenons au Palais de l'Élysée, qui dut encore une fois changer de nom.

Redevenu l'Élysée-Bourbon, il fut donné par Louis XVIII à son neveu le duc de Berry, qui mourut assassiné en 1820. La veuve de ce prince et son fils, le duc de Bordeaux (aujourd'hui comte de Chambord), y ont résidé jusqu'à la révolution de 1830.

Le palais fit alors retour à la liste civile du roi, mais son histoire depuis cette époque jusqu'en 1848 n'offre rien de saillant.

En 1848, il abrita la Commission des récompenses nationales, et devint bientôt la résidence du Président de la République, élu selon le mode indiqué par la Constitution proclamée quelques mois auparavant sur la place de la Concorde. Mais ce Président de la République n'était autre qu'un neveu de Napoléon Iᵉʳ, et il n'avait qu'un but, celui de relever à son profit le trône impérial. Le 2 décembre 1851, oubliant le serment qu'il avait solennellement prêté de maintenir et de défendre la constitution républicaine, le prince Louis-Napoléon Bonaparte signait, dans ce même Palais de l'Élysée, l'ordre aux chefs de l'armée qu'il avait choisis et qui lui étaient dévoués, de dissoudre l'Assemblée législative et d'emprisonner ou d'exiler ceux qui pouvaient lui opposer quelque résistance.

Quelques mois après, l'empire était rétabli, et le prince Louis-Napoléon Bonaparte, devenu Napoléon III, quittait l'Élysée pour les Tuileries; il en devait sortir, dix–huit ans plus tard, pour aller au–devant des épouvantables désastres du mois d'août 1870.

Au début même de ce second empire, l'Élysée, qui avait repris encore une fois le nom d'Élysée-Napoléon, comme s'il eût dû ressentir le contre-coup de toutes les révolutions, l'Élysée fut l'objet d'importants travaux d'embellissement, que dirigea un architecte du nom de Lacroix.

Son entrée sur la rue du Faubourg-Saint-Honoré était loin d'être en rapport avec l'architecture et les décorations du palais même. On la remplaça par une galerie composée d'un étage et d'un attique, que surmonte une terrasse et que couronne une balustrade, selon la mode des palais italiens. Cette galerie ferme la cour d'honneur du côté du Faubourg ; au milieu, s'ouvre une porte monumentale en forme d'arc de

triomphe, dont le sommet est décoré d'un écusson.
De chaque côté des grilles d'entrée, un groupe de colonnes corinthiennes, semblables à celles qui ornent la porte principale, supporte un trophée d'armes et de drapeaux.

Une autre amélioration date du même temps : isolé à l'ouest par l'avenue Marigny depuis 1767, l'Élysée ne l'était pas encore à l'est ; une large rue qui a pris le nom du palais même, fut percée en 1854 à travers l'emplacement de l'hôtel du maréchal Sébastiani, et d'élégantes habitations ont été élevées en bordure de cette nouvelle voie sur le reste des terrains de l'hôtel démoli.

Pendant vingt ans, l'Élysée n'a pour ainsi dire pas été occupé. On le réservait aux souverains étrangers qui visitaient Paris ; c'est ainsi qu'il a reçu la reine d'Angleterre, venue avec sa famille pour visiter l'Exposition universelle de 1855 ; l'empereur de Russie et le Sultan, qui ont visité celle de 1867.

Le palais de l'Élysée a été épargné lors des terribles incendies de mai 1871, qui ont détruit, entre autres monuments, l'Hôtel de Ville et les Tuileries.

Il est affecté depuis six ans au service du chef de l'État, qui demeure à Versailles, auprès des deux assemblées, mais qui réside à Paris pendant les vacances parlementaires. C'est dans ce palais qu'il reçoit les ambassadeurs des puissances étrangères, et qu'il donne ces brillantes soirées si utiles au commerce parisien.

Pour la seconde fois dans ce siècle, le Palais de l'Élysée est occupé par un Président de République ;

mais notre Premier Magistrat n'est plus, comme il y
a 25 ans, le représentant d'une dynastie et l'héritier
du manteau impérial, c'est un illustre citoyen, grand
par ses propres œuvres. Qu'il soit historien ou homme
de guerre, c'est à sa vie passée qu'on a demandé des
garanties, et celles-là valent mieux que les plus solen-
nels serments : le passé nous a prouvé qu'ils n'em-
pêchent rien, l'avenir vous prouvera, mes enfants,
qu'ils sont inutiles avec les hommes honnêtes !

CHAPITRE XVI.

LA VILLE-L'ÉVÊQUE. — LA MADELEINE, TEMPLE DE LA GLOIRE ET ÉGLISE CATHOLIQUE.

Au XIIe siècle, le vaste marais qu'arrosait le ruisseau de Ménilmontant, et qui s'étendait au nord de Paris, de la rue Saint-Antoine au village de Chaillot, était divisé en plusieurs clos, dont on retrouve encore le souvenir dans les dénominations de quelques vieilles rues. L'un de ces clos s'appelait **la Ville-l'Évêque,** parce que c'était une ferme, une maison de campagne, ou, comme on disait alors, un séjour de l'évêque de Paris. La culture qui en dépendait s'étendait assez loin, car on voit que sous Philippe-Auguste de nouveaux agrandissements du Louvre se firent aux dépens d'une partie de la seigneurie de l'évêque.

Celui-ci avait droit de justice dans sa culture : il percevait les amendes et confiscations prononcées contre les ravisseurs (les voleurs) et les meurtriers.

Mais le pouvoir royal tendait toujours à reprendre aux seigneurs féodaux les droits régaliens que ceux-ci avaient usurpés, et il s'en suivait des conflits entre les agents de l'évêque et ceux du roi. Un accord, connu sous le nom de Convention de Melun, intervint en 1222 entre Philippe-Auguste et l'évêque Guil-

Iaume II. Cette convention retirait en principe à l'évêque la connaissance des crimes de rapt et de meurtre, lui laissant toute autre justice, ainsi que les biens des condamnés trouvés dans sa terre.

En outre .e roi se réservait toute la justice : 1°, dans la voirie située entre la terre de l'évêque et une maison dite du *Pont-de-Charelle* et bâtie par un des prédécesseurs de Guillaume II; 2°, dans tout l'espace compris entre l'église Saint-Honoré et le pont du Roule; 3° dans toutes les autres terres de l'évêque en deçà du marais.

Pour ce qui était des autres parties de cette terre, c'est-à-dire pour le bourg qui s'était formé autour de la maison de l'évêque, et pour les autres bourgs qui s'y pourraient fonder par la suite, l'évêque y conservait tous les droits, c'est-à-dire la voirie sans restriction, et la justice sous l'exception rapportée plus haut du rapt et du meurtre.

Le clos de l'évêque renfermait une chapelle, autour de laquelle, comme vous venez de le voir, mes enfants, un village s'était formé.

Ce clos tout entier ne tarda pas longtemps à rentrer dans le domaine du roi, qui y autorisa l'ouverture de plusieurs rues et la construction de nombreuses maisons. La population du village se trouva ainsi notablement accrue, et la chapelle dut être érigée en cure.

Mais l'édifice était de peu d'importance, et l'on songea bientôt à le reconstruire : Charles VIII posa la première pierre de la nouvelle église le 24 février 1487, et l'inaugura le 20 novembre 1491. Elle fut, à dater de cette époque, desservie par une confrérie, dite *de la Madeleine,* dont le roi et la reine étaient membres et qui imposa son nom à la paroisse.

Un siècle et demi plus tard, l'église de Charles VIII tombait en ruines; son étendue était d'ailleurs insuffisante pour le nombre des paroissiens qui s'augmentait toujours : on la reconstruit en 1659 sous le vocable de *Sainte-Madeleine de la Ville-l'Évêque.*

A côté de l'église paroissiale il existait divers couvents, dont les deux plus importants s'étaient fondés dans le xvii° siècle; celui des Cordeliers de la Terre sainte, dans la rue de la Ville-l'Évêque, et celui des Bénédictines, à l'entrée du vieux chemin, devenu la rue de Suresnes.

Le couvent des Cordeliers subsista peu de temps, mais celui des Bénédictines eut une durée plus longue.

Catherine d'Orléans de Longueville et *Marguerite d'Estouteville,* sa sœur, se conformant au goût du temps, voulurent fonder un monastère. Elles achetèrent en 1613 une maison à la Ville-l'Évêque, et y établirent dix religieuses que l'abbesse de Montmartre consentit à tirer de son abbaye pour peupler la nouvelle fondation. C'est pour cette raison que l'on appelait quelquefois cette partie de la Ville-l'Évêque, *le petit Montmartre.*

La nouvelle fondation n'eut le caractère sérieux qu'elle garda jusqu'à la Révolution que lorsque *Marguerite de Veiny d'Arbouse,* l'ayant fait ériger en prieuré, y introduisit la réforme et les austérités de la règle de saint Benoît. Ce couvent fut supprimé en 1790, et son emplacement fut vendu comme domaine national

à des particuliers qui y ouvrirent la rue de la Madeleine, depuis rues Boissy d'Anglas et Pasquier, et qui
y bâtirent des maisons.

Malgré le secours que lui apportait la chapelle des
Bénédictines, il paraît que l'édifice bâti en 1659 pour
la paroisse Sainte-Madeleine n'était plus, un siècle après,
assez vaste pour le nombre des habitants du village,
compris depuis quelques années dans l'enceinte de Paris.
Il fut décidé qu'on le reconstruirait; c'était la quatrième transformation· de cette église.

On profita de la circonstance pour faire servir la
basilique projetée à l'embellissement du quartier, et
on lui affecta un terrain situé en face de la rue Royale,
de manière à ce que son portail terminât magnifiquement de ce côté la perspective de la place Louis XV
qu'on venait de créer.

Le 3 avril 1764, Louis XV posa la première pierre
de l'édifice, dont *Contant d'Ivry* était l'architecte. Il
avait élevé en 1777 son bâtiment jusqu'à la hauteur de 15 pieds au-dessus du sol, lorsqu'il vint à
mourir. Un architecte du nom de *Couture* le remplaça;
mais celui-ci trouva des défauts dans le plan primitif :
il fit démolir tout ce qu'avait fait son prédécesseur,
murs de face, colonnes et chapelles, et substitua au
plan de Contant d'Ivry un plan de sa création.

Ainsi, temps, argent, matériaux, tout fut perdu et
sacrifié au système de cet architecte dont l'esprit manquait d'ailleurs de décision, car il recommença lui-
même à plusieurs reprises les travaux qu'il avait faits.

Malgré ces démolitions successives et diverses interruptions dans la construction, les travaux étaient assez avancés en 1790; la Révolution eut pour effet de les suspendre.

Quant à la vieille église de Sainte-Madeleine de la Ville-l'Évêque, elle avait, comme la chapelle des Bénédictines, disparu dans la tourmente révolutionnaire, et quand le Concordat de 1802 eut rétabli le culte, on dut affecter à la paroisse de la Madeleine la chapelle de l'Assomption, dont vous pouvez encore admirer le dôme à l'angle des rues de Luxembourg et Saint-Honoré.

Cette affectation fut maintenue jusqu'à l'achèvement de l'église actuelle de **la Madeleine**, dont je vais vous dire la curieuse histoire.

Napoléon Ier voulait multiplier dans Paris les monuments commémoratifs des victoires des armées françaises; c'est ainsi qu'il avait projeté la colonne de la place Vendôme, l'Arc de Triomphe de l'Étoile, celui du Carrousel, la fontaine de la Victoire au Châtelet, etc.

Vainqueur de la Prusse à Iéna et à Awerstaedt, il songea à utiliser le chantier, demeuré désert, de l'église en construction, et par un décret rendu à Posen, le 2 décembre 1806, il ordonna de transformer cette église en un *Temple de la Gloire*, où seraient placées les statues des principaux chefs de nos armées et où les hauts faits militaires seraient inscrits sur des tables d'or, d'argent, de bronze et de marbre.

Le fronton devait porter cette inscription : « L'Empereur Napoléon aux soldats de la Grande Armée. » L'article 5 du décret est ainsi conçu : « *Tous les ans, aux anniversaires des batailles d'Austerlitz et d'Iéna, le monument sera illuminé, et il y sera donné un concert, précédé d'un discours sur les vertus nécessaires au soldat, et d'un éloge de ceux qui périrent sur le champ de bataille dans ces journées mémorables... »*

Napoléon venait de remporter sur les Russes, unis aux débris de l'armée prussienne, la sanglante victoire d'Eylau, et il bivouaquait en Pologne, à Finckenstein, lorsqu'on lui soumit les divers plans présentés dans un concours ouvert par ses ordres pour la construction qu'il avait décidée.

Le projet de M. VIGNON, qui n'avait pourtant été classé qu'au 4e rang par les juges du concours, lui parut préférable à tous les autres, et il écrivit à ce sujet à M. de Champagny, ministre de l'intérieur, une curieuse lettre, datée du 30 mai 1807. Dans cette lettre, il ordonnait de confier la direction des travaux à M. Vignon, qui seul avait bien compris sa pensée : il voulait en effet un monument grec qui s'accordât avec le palais du Corps législatif, et non une église dont les flèches ou les tours écraseraient les Tuileries.

A l'extérieur du temple, il voulait un escalier monumental ; à l'intérieur, des gradins en amphithéâtre pour les spectateurs, et une tribune pour l'orateur chargé de raconter dans le style pompeux du temps l'épopée de nos soldats victorieux. Des places devaient être ménagées dans le temple pour divers trophées conquis par nos troupes, tels que les statues du Nil et du Tibre, rapportées de Rome, l'armure de François Ier, reprise aux Autrichiens qui la possédaient depuis

Pavie, la chaîne qui fermait le Danube lors du siége de Vienne par les Turcs, enfin le fameux quadrige de Berlin (rentré aujourd'hui dans la possession des Prussiens).

Les travaux furent immédiatement entrepris sous la direction de M. Vignon, qui les continua sans relâche jusqu'en 1814. Les événements politiques les firent interrompre à cette époque, et ils ne furent repris qu'en 1816, en vertu d'une ordonnance royale portant que l'édifice en construction serait achevé pour être rendu au culte, sous le vocable de *Sainte-Madeleine*, et qu'on y placerait des monuments en expiation de la mort du roi Louis XVI, de la reine Marie-Antoinette et de leur sœur Elisabeth.

Cet ordre ne put être immédiatement suivi d'exécution et pendant longtemps l'ensemble de la construction en cours offrit aux Parisiens et aux étrangers l'image des ruines de l'antiquité.

En 1830, la Madeleine n'était pas encore achevée; enfin on la termina sous la direction de M. *Huvé*, qui remplaça M. Vignon récemment décédé, mais cette fois, si la destination du monument fut changée, le plan primitif ne le fut pas, en sorte qu'on eut et qu'on a encore à Paris le spectacle extraordinaire d'une église catholique logée dans une contrefaçon de temple païen. Je ne veux pas dire que la Madeleine ne mérite pas votre admiration, mes enfants; loin de là ! C'est un remarquable édifice qui réclame même un examen minutieux, non-seulement par ses dispositions architecturales, mais encore par les richesses artistiques de sa décoration.

8.

La Madeleine mesure à l'extérieur, 108 mètres sur 43 mètres, et à l'intérieur, 79^m,30 sur 21^m,40; la hauteur, mesurée sous les coupoles, est de 30^m,30. Elle a la forme d'un rectangle, entouré d'un rang de colonnes corinthiennes supportant une frise, et l'on accède à son péristyle, à l'une comme à l'autre de ses extrémités, par un perron élevé d'un aspect monumental.

Les colonnes, hautes de 19 mètres, sont au nombre de 48, savoir : 8 à chacune des 2 façades du nord et du midi, et 16 sur chacun des bas-côtés (18 en comptant deux fois les colonnes d'angle).

La façade du nord n'a pas de fronton, mais celle du midi, la principale d'ailleurs, puisqu'elle se dresse en face de la rue Royale et de la place de la Concorde, en possède un des plus remarquables. Il a été sculpté par Lemaire et représente *le Jugement dernier*. Les figures en sont colossales (5 mètres environ), et elles devaient l'être pour être vues à une telle hauteur.

Le Christ est au milieu de cette composition : à sa gauche, Marie de Magdala implore le pardon des sept péchés capitaux qu'un ange armé repousse au loin; près de là, le Démon précipite un réprouvé dans l'abîme, et on lit au-dessus de sa tête : *Væ impio!* (Malheur à l'impie!) A la droite du Christ, un ange fait sonner la trompette du jugement dernier, un autre ange, qu'accompagnent les vertus théologales personnifiées, fait sortir un juste du tombeau, et au-dessus de sa tête on lit cette inscription, qui est la contre-partie de la première : *Ecce dies salutis!* (Voici le jour du salut!)

Sous les galeries, on a pratiqué dans la muraille des niches carrées qui occupent les intervalles d'une colonne à l'autre, et dans ces niches au nombre de 34, on a disposé une série de statues de saints, dues au ciseau des sculpteurs les plus habiles de l'époque et parmi lesquels je vous citerai, comme étant les plus connus : Duret, Dumont, Feuchères, Dantan aîné et Dantan jeune, Bosio neveu, Debay père et fils, Jouffroy, Maindron et Nanteuil.

Sous le péristyle du midi, on trouve les deux statues de saint Philippe et saint Louis; sous celui du nord, celles des quatre Évangélistes; et enfin, 14 statues de saints ou de saintes sur chacun des deux côtés de l'est et de l'ouest.

Au milieu de la façade, entre les images de saint Philippe et de saint Louis, s'ouvre la porte principale de l'église. Cette porte remarquable est de bronze, elle se divise en dix compartiments qui reproduisent le *Décalogue*, au moyen d'inscriptions tirées de l'Ancien Testament et de figures énergiquement ciselées par un artiste du nom de Triquetti.

L'intérieur de l'église se compose d'un avant-corps sans aucune ouverture, d'une nef, qu'éclairent trois coupoles surbaissées, invisibles de l'extérieur, et d'un chœur au-dessus duquel s'ouvre, tout au fond de l'édifice, une demi-coupole.

L'avant-corps est fort sombre, aussi peut-on à peine distinguer les sculptures qui le décorent : dans le cintre de la voûte, les trois vertus théologales; près de la porte, deux remarquables bénitiers, par Moyne, et dans les deux chapelles latérales, *le Baptême de Jésus-Christ* par Rude, et *le Mariage de la Vierge*, par Pradier. Sur les pendentifs des trois coupoles de la nef, on remarque les *douze Apôtres* sculptés par ces deux derniers artistes et par Foyatier.

Le plafond se trouve divisé en trois compartiments qui affectent la forme d'une calotte sphérique supportée par des colonnes ioniques accouplées; il résulte de cette disposition que la nef est composée de trois travées, dans lesquelles six autels secondaires, soit trois à droite et trois à gauche, ont trouvé leur place. Des sculptures d'ordre religieux, dues au ciseau de Bra, Duret, Barye, Raggi, Seurre et Etex, décorent chacun de ces autels, qui ne présentent qu'un seul défaut, celui de manquer de profondeur.

Enfin, dans la dernière travée, celle du chœur, s'élève le maître-autel magnifiquement sculpté par Marochetti dans un bloc de marbre blanc et représentant *le Ravissement de sainte Madeleine au ciel.*

Derrière ce maître-autel se déroule en demi-cercle une vaste composition, un peu compliquée peut-être, du peintre Ziégler; elle représente *Madeleine aux pieds du Christ qui lui accorde le pardon de ses fautes;* autour d'eux les Apôtres et les Évangélistes, et au second plan, une multitude de figures historiques dans lesquelles on reconnaît Constantin, Godefroy de Bouillon, Clovis, Frédéric Barberousse, Jeanne d'Arc, Raphaël, Dante et Napoléon. Les autres peintures couvrent les parois de la nef au-dessus des chapelles latérales; elles représentent des épisodes de la vie de Madeleine, et sont dues au pinceau de divers peintres connus, Schnetz, Bouchot, Abel de Pujol, Couderc, Cogniet et Signol.

Malgré l'obscurité relative de cette église, que parvient mal à dissiper la lumière tombant de ses coupoles, sa décoration produit une sorte d'éblouissement, grâce à ses sculptures, à ses peintures, à la blancheur éclatante des marbres de ses autels et de ses colonnes, et enfin au luxe des dorures qui scintillent jusque sur ses voûtes.

Choississez donc, mes enfants, une de ces belles journées où le soleil nous verse ses rayons à profusion, et visitez dans tous ses détails l'église de la Madeleine; vous n'aurez pas perdu votre temps. Et plus tard, quand vous aurez cessé d'être des enfants qu'une veille prolongée fatiguerait, allez écouter la messe de minuit à la Madeleine, et à la lueur des nombreux lustres qui l'éclaireront, regardez ses voûtes et ses murailles, et, j'en ai la certitude, vous ne regretterez pas l'heure de sommeil que vous aurez perdue!

CHAPITRE XVII.

LES BOULEVARDS. — LA FERME DES MATHURINS. — LE SQUARE
LOUIS XVI. — LES TEMPLES NON CATHOLIQUES.

Ce qui ajoute encore à la beauté de la Madeleine,
mes enfants, c'est son admirable situation entre quatre
boulevards, dont elle forme le point de jonction : la
rue Royale, qui s'ouvre vis-à-vis de sa façade principale, la rue Tronchet qui aboutit à son autre façade,
et à sa droite comme à sa gauche, les deux longues
lignes de boulevards qui s'en éloignent obliquement.

L'un de ces boulevards, celui de gauche, s'appelle
boulevard Malesherbes ; projeté depuis longtemps, il
ne fut d'abord exécuté que dans le voisinage immédiat
de l'église, et n'a été terminé que vers 1860.

J'aurai l'occasion de vous en reparler en visitant le
quartier de l'Europe ; bornons-nous pour le moment
à nous occuper de l'autre boulevard, *le boulevard de
la Madeleine,* premier tronçon de la belle et large voie
qui s'étend en demi-cercle de la Madeleine à la Bastille, et que les Parisiens désignent par ce nom géné-
rique qui dit tout pour eux : **les Boulevards.**

C'est en 1670 qu'on a commencé à combler les fossés
creusés vers 1536 avec les débris de l'ancienne enceinte
de Paris, et à couvrir de plantations les terrains ainsi

formés ; on débuta par la Bastille, et un siècle après,
en 1771, on arrivait à la porte Saint-Honoré, c'est-
à-dire vers le milieu de la rue Royale.

Le nom qui fut donné à cette promenade, nom qu'elle
a conservé et qui sert encore à désigner beaucoup de
voies publiques d'ancienne ou de nouvelle création, est
un nom impropre qui s'est trouvé détourné de son sens
primitif : car le mot *boulevard* a la même signification
en vieux français que celui de rempart, et, si l'on s'en
est servi dans le principe, c'est que la promenade créée
de 1670 à 1771 couvrait l'emplacement des anciens rem-
parts, qu'on appelait *les boulevards du Nord*, comme
on dirait aujourd'hui les bastions de tel côté de Paris

C'est vers le même temps que l'on commença également de construire le quartier nouveau de *la Chaussée-
d'Antin*, sur des terrains qui confinaient d'un côté au
faubourg de la Ville-l'Évêque et de l'autre à la Grange-
Batelière.

Ces terrains étaient autrefois en culture ; on y trouvait des jardins et des maisons de campagne ; des
villages mêmes, ceux *des Porcherons*, *du Château du Coq*,
et de **la Ferme des Mathurins**. Ce dernier village
seul nous intéresse, puisqu'il appartient en partie au
VIIIe arrondissement.

Un couvent de *Mathurins* existait en 1208 sur la rive
gauche de la Seine, aux environs des Thermes de Julien ;
il s'était fondé sur l'emplacement d'un hôpital dédié
à Saint-Mathurin, un saint fameux autrefois par la gué-
rison des personnes atteintes de folie. Cependant le
soulagement des malades n'était pas le but poursuivi

par les frères Mathurins; comme on était à l'époque des Croisades, ils s'étaient proposé de racheter les Chrétiens esclaves des Musulmans, en les échangeant contre des Musulmans tombés au pouvoir des Chrétiens.

La vie des Mathurins était extrêmement simple et austère ; comme ils avaient des ânes pour montures dans leurs quêtes, le peuple les appelait *les frères aux ânes*.

Soit avec le produit de leurs quêtes, soit avec quelques legs, quelques donations, ils avaient acquis la propriété d'une terre attenante à la culture de l'évêque, et connue depuis lors sous le nom de *la Ferme des Mathurins*. Plusieurs rues ont été ouvertes de 1770 à 1780 sur l'emplacement de cette terre, et deux d'entre elles en ont gardé le nom : la rue de la Ferme des Mathurins, qui sépare le VIIIe arrondissement du IXe, et la rue Neuve-des-Mathurins, qui passe derrière le Nouvel Opéra et le long du square Louis XVI.

On appelle **square Louis XVI** un jardin de quatre mille mètres environ, que limitent le boulevard Haussmann et les rues Pasquier, Neuve-des-Mathurins et d'Anjou-Saint-Honoré, et qui a été formé, il y a quelques années, autour d'une chapelle, dite *Chapelle expiatoire*, et édifiée dans les circonstances suivantes.

Les corps de Louis XVI et de Marie-Antoinette, ainsi que ceux de la plupart des victimes de la Terreur décapitées sur la place de la Révolution, avaient été inhumés dans un ancien cimetière, dépendant de la paroisse Sainte-Madeleine de la Ville-l'Évêque.

Le gouvernement de la Restauration ordonna l'érection dans ce cimetière, à l'endroit même où avait été déposé le corps du roi, d'une chapelle funéraire en expiation de l'acte du 21 janvier 1793.

Les travaux ne furent terminés qu'en 1826; mais sans attendre leur achèvement, Louis XVIII y fit célébrer, le 21 janvier 1825, un service solennel auquel il assista avec toute la cour.

Les architectes qui dirigèrent la construction de ce monument, *Percier* et *Fontaine*, lui ont donné un aspect funèbre en rapport avec sa destination : on dirait en effet d'un vaste tombeau, tels que s'en faisaient élever les anciens.

La chapelle est placée sur une sorte de parvis auquel on accède par une rampe ornée d'ifs et de cyprès, et dont la porte de bronze est décorée de deux cippes funéraires en l'honneur du roi et de la reine.

Autour d'elle règne un portique, dont chaque arcade laisse également voir un cippe, portant le nom d'un des personnages retrouvés auprès des deux victimes royales.

Au fond du parvis s'ouvre la chapelle proprement dite, dont l'entrée est ornée de quatre colonnes doriques et d'un fronton. Cette chapelle a la forme d'une croix dont trois branches sont terminées en hémicycle; elle est éclairée par une coupole, sur les pendentifs de laquelle ont été sculptés des bas-reliefs représentant *les mystères de la Trinité et de l'Eucharistie*. Le sol est fait de marbres multicolores, et sur un des parvis, un autre bas-relief reproduit la translation solennelle des dépouilles royales dans les caveaux de Saint-Denis.

L'hémicycle central est occupé par un autel de marbre blanc, incrusté de bronze doré; et chacun des deux autres hémicycles renferme un groupe également en marbre: celui de droite, œuvre de Bosio, représente *Louis XVI montant au ciel*, et celui de gauche, œuvre de Cortot, *Marie-Antoinette se consolant par la prière*.

Deux escaliers conduisent à une crypte souterraine, où sont érigés d'autres cénotaphes, dédiés également à ces deux personnages royaux et construits, dit-on, à l'endroit même où ont reposé leurs corps.

Je vous ai dit, mes enfants, que dans le quartier de la Madeleine se trouvaient plusieurs temples consacrés aux différents cultes non catholiques, et destinés principalement aux nombreux étrangers qui habitent le VIIIe arrondissement. Ce n'est pas qu'il n'existe aucun temple de ce genre dans les trois autres quartiers, car le Faubourg du Roule en possède un, qui est même assez remarquable, l'**Église russe.** Je ne vous l'ai pas encore fait admirer, parce que je voulais traiter ce sujet en une seule fois : le moment est venu de le faire.

Les Anglais, plus nombreux que tous les autres étrangers dans le VIIIe arrondissement, y possèdent : l'église épiscopale de la rue d'Aguesseau, construite en 1833 et décorée de superbes tableaux d'Annibal Carrache; la chapelle de l'avenue Marbeuf, destinée comme la précédente aux cérémonies du culte anglican ; la chapelle Wesleyenne de la rue Roquépine, construite en 1866 et remarquable par son porche en ogive et ses deux tours, carrées à leur base, octogonales à leur sommet. Cette dernière chapelle n'est pas spéciale aux Anglais, car le service s'y fait successivement en anglais, en allemand et en français; en face d'elle s'élève un temple calviniste, construit vers la même époque à l'usage des Français qui professent la religion réformée. Citons enfin, pour ne rien omettre, l'église des frères Moraves, rue de Miroménil, et passons sans plus tarder à l'église russe, plus importante pour nous, puisqu'elle sert à l'embellissement de l'arrondissement qui nous occupe.

Une chapelle du rite grec existait depuis longtemps dans l'hôtel de l'ambassadeur de Russie; mais elle était trop exiguë pour les nombreux Russes qui résident à Paris.

L'aumônier de l'ambassade eut l'idée, qu'il a poursuivie avec activité, de bâtir pour ses compatriotes une église plus vaste et dont l'aspect monumental rappellerait les églises de leur pays.

Construite vers 1860 par deux membres de l'Académie des Beaux-Arts de Saint-Pétersbourg, l'église russe s'élève dans la rue Daru, entre l'arc de l'Étoile et le parc Monceaux. Elle a la forme d'une croix grecque, c'est-à-dire d'une croix à branches égales, et elle est dominée par une grande pyramide dorée, que surmontent un petit dôme bulbeux et une croix étincelante. A chacun des quatre angles principaux de l'édifice s'élève une pyramide semblable à celle du centre, mais beaucoup moins haute.

Une sixième pyramide, plus petite encore que les autres, se dresse sur un élégant parvis, formé de quatre colonnes sculptées et d'un toit de pierre en plein-cintre, tout doré comme les dômes. A l'intérieur, l'église russe est divisée en trois parties : le vestibule, la nef et le sanctuaire, décorées de remarquables tableaux qui sont dus à des artistes russes.

Disons pour terminer qu'elle repose sur une crypte, ou église souterraine, toute en pierre de roche.

Je ne vous ferai pas la description détaillée des différentes parties de ce charmant édifice : mieux vaut vous engager, mes enfants, à le visiter avec soin. Je tiens seulement à vous dire que l'élévation et la richesse de ses pyramides lui donnent un caractère d'élégance et de légèreté que n'ont pas ordinairement les constructions byzantines, et que ce monument n'est pas un des moins curieux du VIIIᵉ arrondissement.

CHAPITRE XVIII.

LE 32ᵉ QUARTIER. — LA PLACE DE L'EUROPE. — LA GARE
SAINT-LAZARE ET LE PREMIER CHEMIN DE FER DE FRANCE.
— TIVOLI ET LA PLACE DE CLICHY.

Il me reste à vous conduire, mes enfants, dans
le 32ᵉ quartier, le dernier de ceux qui composent le
VIIIᵉ arrondissement. Il est circonscrit entre la rue et
le boulevard de Courcelles, le boulevard des Batignolles,
la place de Clichy, les rues d'Amsterdam, Saint-Lazare,
de la Pépinière et Abbattucci. On l'appelle le **quartier
de l'Europe** et voici l'origine de cette appellation.
Quelques spéculateurs ayant acheté, il y a environ un
demi-siècle, des terrains vagues, situés entre les rues
Saint-Lazare, de Clichy, du Rocher et le mur d'octroi,
résolurent d'y créer un quartier nouveau. Ils y tra-
cèrent un grand nombre de rues, auxquelles ils donnèrent les noms des capitales de l'Europe.

Huit de ces rues convergeant vers un point unique,
ils créèrent sur ce point une place circulaire, qui prit
le nom de **Place de l'Europe.**

Au milieu de la place, on a vu pendant longtemps
un jardin clos de grilles et interdit au public; il ap-

partenait à une riche famille du voisinage, et n'était certainement pas fait pour faciliter la circulation.

Il faut dire cependant qu'elle était peu considérable, l'existence du mur d'enceinte ayant longtemps empêché la construction de maisons dans ce quartier, désert encore il y a dix ans.

Deux des rues qui devaient se croiser à la place de l'Europe n'ont jamais été ouvertes ; elles ont été remplacées par une ligne de chemin de fer.

En 1835, Paris ne savait pas encore ce que c'était qu'un chemin de fer. Il avait sans doute entendu parler de ces nouvelles et rapides voies de communication dont se servaient déjà avec avantage les Anglais et les Belges, mais il attendait, pour les connaître et pour en faire l'expérience par lui-même, l'ouverture du chemin de fer de Saint-Germain, qui n'eut lieu que le 24 août 1837.

Si tardive qu'ait été chez nous l'introduction de cet énergique agent de richesse et de prospérité qu'on appelle un chemin de fer, il est bon de constater que le VIIIe arrondissement a l'honneur de posséder le premier qui ait été fait en France. C'était bien en effet *le premier chemin de fer*, puisque la petite ligne créée quelque temps auparavant entre Roanne et Saint-Étienne, n'avait que des rails de bois.

On construisit l'embarcadère du chemin de Saint-Germain sur la rue Saint-Lazare, à l'angle d'une des rues nouvellement percées, la rue d'Amsterdam, et pour y accéder, on ouvrit une nouvelle voie publique, entre les rues Saint-Lazare et Saint-Nicolas.

L'embarcadère prit le nom de **gare Saint-Lazare**, et la rue nouvelle celui de *rue du Havre*. En effet, la petite ligne de Paris à Saint-Germain avait pleinement réussi; et bientôt étaient venues s'y joindre la ligne de Versailles et la ligne du Havre. Aujourd'hui, de la gare Saint-Lazare partent un grand nombre de lignes qui desservent toute la Normandie.

La voie ferrée, ne pouvant supporter des pentes rapides, dut se frayer un chemin à travers les terrains élevés de la place de l'Europe et du village des Batignolles, et c'est, partie en tranchée, partie en tunnel, qu'elle put gagner la plaine de Clichy et les bords de la Seine à Asnières.

Elle supprima donc, en absorbant leur emplacement, les deux rues projetées dont je vous ai parlé, et passa sous le jardin de l'Europe.

Mais, dans ces derniers temps, le nombre des trains se multipliant avec le nombre des lignes qui partent de la gare Saint-Lazare, il a fallu exproprier le jardin et le remplacer par une large tranchée que recouvre un vaste pont de fer.

Ce pont offre une disposition tout à fait unique : sa partie centrale forme une place rectangulaire de 100 mètres sur 50 mètres, d'où s'éloignent, dans six directions différentes, les rues de Londres, de Berlin et de Saint-Pétersbourg, à l'est; de Constantinople, de Madrid et de Vienne, à l'ouest.

Des deux côtés de cette place, le pont s'évase considérablement, suivant la direction des quatre rues extrêmes qui viennent s'y réunir. Elle n'est bordée de

9.

maisons que de deux côtés, à l'ouest et à l'est; au nord
et au sud, elle a pour bordures les balustrades en fer
qui protégent la voie ferrée. Devant les maisons, quatre
parterres s'étendent en triangle jusqu'au point de rencontre des rues convergentes.

Il est entré 3,500 tonnes de fer dans la construction
du pont qui supporte la place de l'Europe, et qui est
lui-même maintenu par de fortes culées en pierre. Ce
remarquable travail est sorti des ateliers de la grande
usine Cail et Cⁱᵉ, de Grenelle, et il a été exécuté sur
les dessins de M. *Jullien*, ingénieur de mérite, qui dirigeait la Compagnie de l'Ouest, lorsque la mort est
venue prématurément le frapper, il y a deux ou trois
ans.

Isolée du côté de l'est par la rue d'Amsterdam, la
gare Saint-Lazare ne l'est pas encore du côté de l'ouest;
cependant elle s'est étendue de ce côté, derrière un
rideau de maisons situées rue Saint-Lazare, jusque sur
la rue de Rome, large et longue voie publique, ouverte
depuis quelques années, entre le quartier de la Madeleine et l'arrondissement des Batignolles.

La destruction en 1860 du mur d'octroi a rendu la
vie à la plaine déserte qui entourait autrefois la place
de l'Europe. Les rues convergeant sur cette place sont
aujourd'hui couvertes de maisons qui font du quartier
de l'Europe l'un des plus riches quartiers de la Capitale.

Pour le bien connaître, suivons successivement dans
leurs directions respectives les six rues que je vous ai
nommées, et peut-être aurons-nous la chance de ren-

contrer sur notre route quelque souvenir historique.

Commençons par la rue de Londres : elle aboutit à la chaussée d'Antin, dans le IXᵉ arrondissement, dont je n'ai pas à vous entretenir, mes enfants, mais elle traverse la *place de Tivoli*, à la limite même de l'arrondissement que nous étudions.

D'où vient ce nom, qui n'est autre que celui d'un lieu célèbre en Italie par ses pittoresques cascades, et chanté autrefois par les poëtes latins sous le nom de *Tibur ?* De ce qu'il existait dans ces parages, au commencement du siècle, une sorte de parc, dans lequel se donnaient, comme à la Folie-Beaujon dont je vous ai déjà parlé, des fêtes publiques très-recherchées par la jeunesse de l'époque, et que l'entrepreneur avait décoré du nom, peut-être un peu prétentieux, de **jardins de Tivoli**.

Sans nous arrêter à la rue de Berlin, qui n'a rien de remarquable à nous offrir, suivons la rue de Saint-Pétersbourg jusqu'à son point de rencontre avec les rues de Clichy et d'Amsterdam.

Là nous trouvons la **place de Clichy** sur laquelle s'élève un monument élevé à la mémoire du maréchal Moncey.

Le 30 mars 1814, ce maréchal soutint héroïquement avec des gardes nationaux parisiens l'assaut des troupes russes qui, maîtresses de Montmartre, voulaient enlever la barrière de Clichy. Cet acte d'héroïsme qu'un grand peintre, *Horace Vernet*, a reproduit dans un tableau célèbre, cet acte d'héroïsme ne pouvait empêcher la prise de Paris, mais il sauvait son honneur. En 1870 (quelle ironie du sort! dès la même année Paris devait être encore une fois assiégé par une armée ennemie!) en 1870, dis-je, on dressa sur sa base, au centre de la place immortalisée par Moncey, un groupe le représentant l'épée à la main devant la Ville de Paris qu'il protége et qui, tenant un drapeau dans ses bras, regarde fièrement l'ennemi; pendant que meurt à leurs pieds, sur un canon renversé, l'un de ces braves élèves de l'École polytechnique qui servaient d'artilleurs dans cette journée.

Ce groupe a été taillé dans la pierre par un statuaire de talent, M. Doublemard.

Il décore magnifiquement une place que se peuvent disputer quatre arrondissements différents; il suffisait que l'un d'eux fût le VIIIe, pour que j'eusse le devoir de le signaler à votre examen : n'est-ce pas ici d'ailleurs le cas de répéter qu'il y a des devoirs qui sont des plaisirs?

CHAPITRE XIX.

•

Si maintenant nous revenons à notre point de départ,
le pont de l'Europe, et que nous dirigions nos pas
vers l'ouest, par l'une ou par l'autre des trois rues qui
s'en éloignent dans cette direction, nous trouverons, à
l'extrémité de la rue de Constantinople, le collége
Chaptal et le réservoir de Monceaux; à l'extrémité
de la rue de Vienne, le square de Laborde et l'église
Saint-Augustin; et enfin, à l'extrémité de la rue qui
porte successivement les noms de Madrid et de Lisbonne, le parc Monceaux.

Le **Collége Chaptal** est un établissement d'instruction, spécialement consacré aux études industrielles
et commerciales. Fondé par M. *Goubaux* qui s'est fait
connaître, en dehors de ses services universitaires, par
de grands succès comme auteur dramatique, ce collége
appartient depuis un certain nombre d'années à la Ville
de Paris; il porte le nom d'un homme dont je vous ai
déjà deux fois entretenus, à propos des expositions industrielles et de l'organisation de l'Assistance publique.

Le comte Jean Antoine Chaptal *de Chanteloup*, né en 1756 dans la Lozère, mort en 1832, fut d'abord docteur en médecine; appelé en 1781 à professer la chimie à Montpellier, il y fonda une vaste usine de produits chimiques qui fut bientôt célèbre. Le gouvernement l'appela, en 1793, à diriger la fabrique de poudre de guerre de Grenelle, et il déploya dans ces nouvelles fonctions une activité qui fut remarquée. Il devint successivement professeur de chimie à l'École polytechnique, membre de l'Institut, puis ministre de l'Intérieur (1800). Il signala son administration par des mesures utiles au progrès de l'agriculture et de l'industrie, et termina sa carrière politique au Sénat impérial et à la Chambre des pairs de la Restauration. On peut dire de lui que s'il n'a pas fait de grandes découvertes en chimie, du moins a-t-il fait les plus heureuses applications de cette science à l'industrie.

Il a été, dans toute la force du terme, un homme pratique, et c'est pour cette raison que son nom a été donné à une institution destinée à former des hommes pratiques.

Le collége Chaptal était installé, il n'y a pas longtemps encore, dans un immeuble de la rue Blanche, derrière l'église de la Trinité; malgré l'acquisition de plusieurs maisons contiguës, il ne pouvait suffire à loger les nombreux élèves que Paris et les départements lui envoient. On l'a reconstruit dans le VIII° arrondissement, à côté des réservoirs de Monceaux, et son architecte, M. *Train*, a su en faire, par un emploi harmonieux de la pierre, de la brique et des tuiles rouges, un monument charmant, dont l'aspect vraiment gai contraste heureusement avec la plupart des établissements similaires, qui ressemblent plus souvent à une prison qu'à l'asile de la jeunesse studieuse.

L'œuvre de M. Train a été justement remarquée, et l'Académie des Beaux-Arts lui a décerné en 1873 le prix biennal de 4,000 francs, que l'un de ses membres, M. *Duc*, suivant en ceci d'illustres exemples, a fondé avec l'intérêt d'une partie des fonds provenant d'un prix extraordinaire de 100,000 francs qui lui avait été attribué pour l'œuvre capitale de sa vie, le nouveau Palais de justice.

Ce n'est point par eux-mêmes que les **réservoirs de Monceaux** appellent l'intérêt, mes enfants, c'est par la destination et par l'origine des eaux qui y séjournent.

Le 19 mai 1802, un décret du Premier Consul ordonnait la création d'un canal à deux branches, dont l'une devait établir une jonction entre la Seine à son entrée dans Paris et la Seine à son passage à Saint-Denis, de manière à ce que la batellerie pût éviter le long circuit que fait ce fleuve par Boulogne, Suresnes et Saint-Ouen; l'autre branche devait amener l'eau de la rivière d'Ourcq à Paris, pour y faire de plus abondantes distributions que par le passé. Un large bassin de retenue fut construit à la Villette entre les années 1806 et 1809, et à l'un des angles de ce bassin fut embranché un aqueduc, dit *aqueduc de ceinture*, et destiné à conduire les eaux de l'Ourcq dans de vastes réservoirs creusés à la même époque sur le point culmi-

nant de Monceaux. Indépendamment des distributions
d'eau qu'ils permettent de faire dans plusieurs quartiers de Paris, ces réservoirs avaient et ont encore
pour but principal d'alimenter les fontaines publiques
des Champs-Élysées et de la place de la Concorde.

Si je vous ai parlé si longuement de cette question,
mes enfants, c'est qu'à mon avis il ne suffit pas de se
dire : Voici des fontaines dont l'aspect est magnifique
quand jouent leurs eaux ! Il faut savoir comment l'industrie humaine, aidée par la science, a pu produire ce
spectacle. Ne vous contentez donc jamais d'admirer les
effets ; cherchez les causes, et le plus souvent vous
serez amplement dédommagés de votre recherche par
les connaissances nouvelles que vous acquerrez.

Au point d'arrivée de la rue de Vienne se trouvait,
il y a vingt-cinq ans, un pauvre quartier qu'on appelait quelquefois *la Petite Pologne* ; il confinait d'un
côté à la rue de la Pépinière, de l'autre aux terrains
vagues que traversait la rue Malesherbes; la rue de
Laborde était sa principale artère. Tout cela a disparu aujourd'hui, et, dans cette partie de la Ville,
devenue l'une des plus élégantes et des plus riches,
il ne reste rien du passé que la **caserne de la
Pépinière,** bâtie au siècle dernier pour les gardes
françaises, en même temps que celle de la rue
de Penthièvre, et bien d'autres, situées dans d'autres
arrondissements.

Encore faut-il dire que la caserne de la Pépinière,
remaniée et agrandie, s'est un peu parée pour être
digne de figurer au milieu de ces splendeurs nouvelles!

L'emplacement du *marché de la rue de Laborde*, qui n'était rien moins qu'élégant, est devenu un square verdoyant, entouré de grilles artistiques, que domine le dôme de l'**église Saint-Augustin**.

Cette église a été construite de 1860 à 1868 par *Baltard*, membre de l'Institut, à qui l'on doit quelques œuvres remarquables, telles que les Halles centrales, et qui a longtemps dirigé les travaux d'architecture de la Ville de Paris.

Elle s'élève dans l'axe du boulevard Malesherbes, qui vient en ligne droite de la Madeleine jusque-là, et l'oblige à se bifurquer obliquement devant son portail, l'oblique de droite s'appelant avenue Portalis, et l'oblique de gauche gardant le nom de boulevard Malesherbes jusque dans l'ancienne plaine de Monceaux. Il résulte de cette disposition que l'église Saint-Augustin forme un superbe point de vue pour le spectateur placé à l'extrémité de la rue Royale, devant la Madeleine.

Malheureusement le désir de produire cet effet a eu un grave inconvénient, celui d'obliger l'architecte à bâtir son église dans un angle aigu. Baltard a vaincu la difficulté avec autant de bonheur qu'il était possible ; mais on s'étonnera toujours, en visitant Saint-Augustin, de voir les premiers piliers qui en forment la nef collés pour ainsi dire aux murailles, tandis que les autres piliers en sont de plus en plus distants et laissent ainsi aux chapelles latérales une place qui va s'élargissant, extrêmement exiguë près du porche et très-profonde près du chœur.

Ce chœur, de forme circulaire, sert de base à un dôme, large de 25 mètres et haut de 50 mètres, que surmonte une élégante lanterne. Quatre tourelles terminées elles-mêmes en dôme encadrent la coupole à l'extérieur; au-dessous existe une église souterraine.

Je reviens à la façade, qui doit être l'objet principal de notre examen, puisque la forme même de l'église lui a été sacrifiée.

Elle se compose de trois larges arcades en plein cintre, auxquelles on accède par un escalier de treize marches et qui ferment le porche précédant l'entrée de l'église.

Sur les piliers de ces arcades ont été sculptés par M. Jacquemart les animaux symboliques des quatre évangélistes.

A cette hauteur, règne une belle galerie que décorent les statues du Christ et des douze Apôtres par M. Jouffroy, et qui, se continuant sur les arcades latérales du porche, nous offre les images sculptées de plusieurs prophètes ou docteurs de l'Église, œuvres de MM. Jouffroy, Lequesne, Jaley, Bonassieux et Cavelier.

Enfin, au-dessus de la galerie des Apôtres, s'épanouit une large rosace, qui, par sa dimension, joue le principal rôle dans l'effet décoratif de l'église, vue de la place de la Madeleine.

De l'intérieur, je ne vous dirai rien, mes enfants, si ce n'est qu'il est fort riche, qu'on y trouve de beaux vitraux de la maison Maréchal, de Metz, et qu'entre ses ors et ses enluminures, on peut admirer quelques bonnes peintures, signées des noms de **MM.** Signol, Brissot, et Bouguereau.

En somme, l'église Saint-Augustin est un monument très-remarquable qui n'a pas peu contribué à l'embellissement de ce quartier, si déshérité autrefois, si magnifique aujourd'hui.

Le point de départ de cette transformation a été le percement du **boulevard Malesherbes**, opération qui a été plus remarquable que toute autre parce qu'elle a donné lieu à des terrassements encore plus importants que ceux qui ont changé l'aspect du village de Chaillot.

Solennellement inauguré le 13 août 1861, le boulevard Malesherbes mesure, de la Madeleine à la porte d'Asnières, 2,700 mètres, et sa largeur est de 34 mètres ; comme il a fallu adoucir la pente du sol, qui s'élevait prodigieusement à partir de la place de Laborde, on a, sur ce long parcours, enlevé plus de 400,000 mètres cubes de déblais.

Je me souviens d'avoir, en visitant ce boulevard à peine percé, marché dans une profonde tranchée au-dessus de laquelle s'ouvraient béants, à la hauteur d'un troisième étage, les égouts souterrains des rues transversales non encore abaissées. L'esprit français, qui ne perd jamais ses droits à l'ironie, et qui trouve toujours un asile dans quelque feuille satirique, prétendait que l'inspirateur de ces travaux gigantesques venait de mettre à l'étude un projet de percement des Pyrénées.... pour la continuation du boulevard Malesherbes !

Je ne vous aurais point rapporté cette plaisanterie, mes enfants, si elle n'était pas de nature à vous faire mieux saisir que tous les chiffres possibles, l'importance d'une opération véritablement prodigieuse. Cette importance, il est utile de la constater, parce qu'il serait tout à fait impossible aujourd'hui de s'apercevoir que le niveau de tout un quartier a été à ce point abaissé, si l'on n'y trouvait le curieux viaduc au moyen duquel la vieille rue du Rocher franchit la nouvelle rue de Madrid. Mais je vous étonnerai plus encore sans doute en vous affirmant que le travail fait à la surface de la terre n'est rien encore auprès de celui qui a été effectué dans ses entrailles mêmes et dont je vais vous entretenir un instant.

CHAPITRE XX.

Je veux vous parler, mes enfants, du **grand égout
collecteur** qui part de la place de la Concorde, suit la
rue Royale, puis le boulevard Malesherbes en passant
sous la colline de Monceaux, et débouche en Seine, vis-
à-vis d'Asnières.

C'est un véritable *fleuve souterrain* qui a pour affluents les collecteurs secondaires, tels que l'égout que
vous connaissez déjà et qui occupe le lit du ruisseau
de Ménilmontant, l'égout de la rue de Rivoli, celui des
quais de la rive droite, et même celui de la rive gauche, dont les eaux traversent la Seine dans un syphon
immergé près du pont de l'Alma.

Un vaste réseau d'égouts est indispensable à la salubrité d'une grande ville. Paris a donc le sien, œuvre
remarquable d'un savant ingénieur, *M. Belgrand*, qui
a compris que la salubrité de la capitale devait être
complétée par l'assainissement du fleuve qui la traverse.

La Seine, en effet, ne reçoit plus, comme il y a 20
ans, les immondices de Paris; les eaux ménagères des

maisons s'écoulent dans l'égout de la rue, celles des égouts dans un des collecteurs que j'ai cités, et enfin celles de ces collecteurs dans le collecteur général d'Asnières.

Pour suffire à une pareille tâche, surtout dans les journées d'orage, quelles ne doivent pas être les dimensions de ce collecteur général ? Construit en forme d'ellipse sur une longueur de 4,600 mètres, il a $4^m,40$ en hauteur, et il offre une largeur de $5^m,60$ à la naissance de la voûte. Sa cuvette, qui mesure $3^m,50$ en largeur et $1^m,25$ en profondeur, est bordée de chaque côté d'une banquette ou trottoir large de $0^m,90$.

Le nettoiement de cette cuvette se fait mécaniquement au moyen d'un bateau-vanne, très-curieux, qui porte les ouvriers chargés de le diriger dans cette besogne; il met de 10 à 20 jours, selon la force du courant, à parcourir, en chassant devant lui les sables, toute la longueur du canal, de la place de la Concorde au débouché d'Asnières.

Vous comprenez qu'il a fallu donner à ce collecteur une pente assez considérable : elle est en effet de $2^m,50^c$ sur l'ensemble. Il en est résulté que dans la première partie de son parcours (celle qui suit le boulevard Malesherbes jusqu'au point culminant de Monceaux), sa pente est en sens contraire de celle du sol, et qu'à ce point culminant, la distance entre le fond de la cuvette et la superficie même abaissée du boulevard est extrêmement considérable. Aussi lors de sa construction, ne pouvait-on songer à pratiquer une tranchée ouverte d'une pareille profondeur sur une pareille longueur. On a donc employé un autre moyen : on a pratiqué de distance en distance une série de puits, par lesquels descendaient les brigades de terrassiers et de maçons chargées de l'opération, et l'on a ensuite réuni, par des sections de galerie, que l'on maçonnait au fur et à mesure, ces différents puits, qui devaient d'ailleurs être conservés comme puits de sauvetage.

Cet admirable souterrain, véritable monument qui laisse bien loin derrière lui la fameuse *cloaca maxima* (le grand cloaque de l'ancienne Rome), a été fait de 1857 à 1859, et vous pouvez reconnaître par les détails qui précèdent, que j'avais raison de vous dire : le travail effectué à la surface du boulevard Malesherbes, si considérable qu'il ait été, n'approche pas encore de celui qu'on a dû faire au-dessous de ce même boulevard.

Un peu au delà de l'église Saint-Augustin, le boulevard Malesherbes est coupé obliquement par la rue de Miroménil, où l'on pouvait voir encore, il y a quelques années, deux établissements qui sont de première nécessité dans une grande ville, *l'abattoir du Roule* et *l'administration des Pompes funèbres*.

Au commencement du siècle, les animaux de boucherie étaient tués dans les étaux mêmes des bouchers qui les débitaient ; cette coutume, encore en vigueur dans beaucoup de petites villes où elle ne présente pas de graves inconvénients, était pernicieuse pour l'état sanitaire d'une grande cité comme Paris. Un décret de Napoléon Ier ordonna donc la création de cinq grands abattoirs, parmi lesquels celui du Roule, qui fut exécuté de 1810 à 1818, sur les dessins et sous la direction de l'architecte *Petit-Radel*.

Un immense abattoir général, répondant mieux aux besoins de notre époque, voisin d'ailleurs du grand marché aux bestiaux qui approvisionne Paris, a été construit à la Villette dans ces dernières années, et l'on a supprimé les abattoirs de la rive droite, ceux de la rive gauche étant provisoirement conservés.

Sur l'emplacement de celui du Roule, qui renfermait 14 corps de bâtiment et qui mesurait 1,202 mètres sur 118 mètres, tout un quartier neuf a été bâti, et il ne reste rien aujourd'hui de l'œuvre vraiment digne d'éloges de Petit-Radel, pas même le souvenir de son nom à l'angle de l'une des rues ouvertes à travers les terrains qu'elle recouvrait !

Quant aux Pompes funèbres, dont les bureaux et le matériel occupaient une sorte de hangar situé rue de Miroménil, en face de l'abattoir, elles ont dû disparaître d'un quartier qui se peuplait en s'embellissant, et chercher dans un faubourg plus éloigné du centre un asile plus en rapport avec leur caractère. Aussi ne vous en ai-je parlé que pour mémoire, pressé que je suis de vous entretenir d'un sujet plus intéressant et surtout plus gai.

Nous avons commencé, mes enfants, notre excursion à travers le VIIIᵉ arrondissement par la promenade des Champs-Élysées; c'est par une autre promenade publique que nous la terminerons, par le **parc Monceaux**.

Un hameau, qu'on appelait indifféremment *Monceaux*, *Monceau* ou *Mousseaux*, s'était formé à l'extrémité du faubourg du Roule dont il dépendait, et le duc d'Orléans, père du roi Louis-Philippe, celui qu'on désigne dans l'histoire sous le nom de *Philippe-Égalité*, y possédait de vastes terrains.

Le chef de sa famille, Henri IV, aimait à s'y promener, et, si l'on en croit le duc de Saint-Simon, il s'y serait passé une curieuse scène, un jour que ce prince y causait des graves affaires du moment avec l'ambassadeur de son ennemi, le roi d'Espagne Philippe II.

La fin du XVIIIe siècle, mes enfants, était le beau temps de l'anglomanie, et l'on ne trouvait de valeur qu'aux choses qui venaient d'Outre-Manche. Le duc d'Orléans avait déjà introduit en France les courses de chevaux, fort à la mode en Angleterre; il voulut avoir un jardin anglais, et livra en 1778 ses terrains de Monceaux à *Carmontel*, pour que celui-ci y réalisât sa fantaisie.

Le terrain était nu et aride; Carmontel en fit un délicieux jardin. Il y créa des accidents et y conduisit l'eau en abondance. Il y sema, avec trop de profusion peut-être, des ruines factices, des temples, des pagodes et des tombeaux, des pyramides, des rochers artificiels, que sais-je encore? il y établit des jeux, des fontaines et des cascades!

Devenu propriété nationale, le *parc Monceaux* (ainsi nommait-on la création de Carmontel) fut d'abord affecté à une promenade publique; mais il était trop éloigné des parties habitées de la Ville pour que la population s'y rendît volontiers, et il demeura dans l'abandon pendant de longues années. Napoléon le donna à Cambacérès qui s'empressa de le lui rendre

10

pour s'exonérer des frais d'entretien. Enfin, en 1816, Louis XVIII le restitua à la famille d'Orléans, qui le posséda, d'abord en totalité, puis en partie seulement jusqu'en 1860. Pendant près d'un demi-siècle, le parc Monceaux resta fermé au public, qui ne pouvait qu'y plonger ses regards par-dessus les sauts de loup, pour en admirer les hautes et magnifiques futaies.

Lors de la création du boulevard Malesherbes, l'État, qui possédait depuis 1852 une part de cette vaste propriété, fit exproprier l'autre part pour cause d'utilité publique, et céda le tout à la Ville de Paris, à charge par celle-ci d'en faire une promenade publique.

Le programme imposé à la Ville de Paris a été admirablement exécuté, bien qu'une partie seulement du parc, 88,000 mètres carrés sur 190,000, ait été affectée à la promenade, et que le reste ait été vendu par lots ; hâtons-nous de dire que ces aliénations ont été faites sous certaines conditions qui en atténuent la portée, les acquéreurs de lots en bordure sur la promenade publique étant tenus de conserver au-devant de leurs constructions des jardins de 15 mètres de profondeur, séparés par des grilles uniformes du parc même : en sorte que sur 3 de ses côtés, ce parc n'est point borné par une voie publique ; disposition nouvelle qui n'a rien retiré à ses charmes.

Si le parc Monceaux n'est limité que d'un côté par une voie publique (le boulevard de Courcelles), du moins est-il traversé du nord au sud et de l'est à l'ouest par diverses avenues ouvertes aux voitures comme aux piétons. Ses principales entrées, ornées de grilles monumentales, sont situées : l'une sur la rue de Courcelles, en face de l'avenue de la Reine Hortense ; l'autre boulevard Malesherbes ; une troisième en face de l'avenue de Messine, et la quatrième à la rotonde de l'ancienne barrière de Chartres, sur le boulevard de Courcelles.

Toutes les curiosités que Carmontel avait accumulées dans ce parc et qu'on y a pu retrouver, ont été restaurées avec soin ; elles méritent toutes d'être visitées, mais je vous recommande surtout la Naumachie, vaste bassin ovale entouré d'une colonnade en ruines. Le mot *Naumachie* veut dire : lieu où se livrent des combats navals : quant à la colonnade, on ne sait au juste si elle provient de l'ancien château du Raincy, ou d'une addition que Catherine de Médicis avait projetée pour son tombeau et pour celui d'Henri II, son époux, dans la basilique de Saint-Denis. D'où qu'elle provienne, cette colonnade à demi-brisée, avec ses fûts renversés ou simplement ébréchés et couverts de lierres, fait le plus charmant effet et constitue l'un des principaux agréments du parc Monceaux.

Nos ingénieurs modernes ont ajouté, aux créations de Carmontel, un massif de rochers d'où l'on jouit d'un beau point de vue et sous lequel se cache une grotte formée de stalactites artificielles, et un ponceau qui rappelle par son élégante structure un pont fameux de Venise. Ces additions sont loin de nuire à l'effet pittoresque de cette promenade, si digne à tous égards d'appartenir à l'arrondissement qui peut montrer tant de belles choses aux étrangers.

CHAPITRE XXI.

LES NOMS DE RUES. — APPELLATIONS HISTORIQUES OU TOPOGRAPHIQUES.

Je vous ai fait parcourir avec moi mes enfants, tout le VIIIᵉ arrondissement, et, dans cette longue excursion à travers ses quatre quartiers, j'ai cherché à vous faire connaître tout ce qu'ils pouvaient renfermer d'instructif ou d'intéressant.

Cependant ma tâche n'est pas complète; je ne vous ai pas dit ce que signifient les noms donnés à ses rues, à ses places, à ses boulevards.

Il faut, quand vous lirez un nom à l'angle d'une rue, que vous sachiez si ce nom rappelle un fait historique, un souvenir topographique, ou bien encore si c'est celui d'un homme célèbre et, dans ce cas, ce qui a valu à cet homme la reconnaissance de la postérité. Il faut aussi que vous n'ignoriez pas les événements mémorables qui ont eu pour théâtre telle ou telle voie publique du VIIIᵉ arrondissement.

Ce qui me reste à vous dire constitue, en quelque sorte, la seconde partie de ce travail; mais elle ne saurait avoir l'étendue de la première; loin de là, je me bornerai à quelques indications biographiques ou

10.

historiques, me réservant de donner quelque ampleur
à ces indications lorsqu'elles auront pour objet un homme
ou un événement d'une importance véritablement hors
ligne.

J'adopterai une méthode tout à fait contraire à celle
que j'ai employée jusqu'ici ; je ne vous conduirai pas
en effet, mes enfants, d'une rue dans l'autre, selon le
hasard de sa situation topographique, non ! je réunirai
les noms historiques par groupes : c'est ainsi que dans
un groupe, je mettrai les noms des batailles gagnées
par nos armées ; dans un autre, les noms des héros
de la vie militaire ; dans un troisième, les hommes qui
ont montré du courage dans la vie civile ; puis, les
bienfaiteurs, les savants, les jurisconsultes, les navigateurs, les artistes et les littérateurs ; les princes et
les princesses, les courtisans et les ministres ; et enfin,
dans un dernier groupe, les administrateurs de la Ville
de Paris.

En dehors de cette classification, on trouve dans le
VIIIᵉ arrondissement, comme dans tout autre arrondissement de Paris d'ailleurs, des appellations tirées
du voisinage d'un monument, d'un accident du sol,
ou de toute autre circonstance particulière, qui n'offre
quelquefois que peu ou point d'intérêt. C'est par celles-
là que je vais commencer cette série de notices sur
les noms des rues de l'arrondissement que nous étudions.

L'importance qu'on attache aux appellations diverses
imposées aux rues d'une ville, ne date pas de longtemps,
et l'idée de donner à une voie publique le nom d'un
homme illustre est une conception toute moderne. Nos

pères y mettaient moins de façons : c'était quelquefois le hasard qui faisait le nom de leurs rues, et la tradition les fixait, souvent en les défigurant, car on ne les voyait écrits nulle part.

Pour la première fois en 1728, les rues de Paris furent officiellement désignées par des noms inscrits à l'angle de chacune d'elles. Les progrès de la civilisation avaient exigé cette mesure, et nos besoins croissant avec le temps rendirent indispensable une autre mesure : le numérotage des maisons, qui fut ordonné en 1806.

Je reviens aux noms que vous trouverez dans le VIII⁰ arrondissement ; il en est quelques-uns que je ne ferai que citer, parce que vous les connaissez bien : qu'aurais-je à vous dire, en effet, que je ne vous aie dit déjà, au sujet des avenues *des Champs-Élysées* et *Marigny*, des rues *Royale*, de *la Ville-l'Évêque*, de *Chaillot*, *Neuve-des-Mathurins*, de *la Ferme-des-Mathurins*, *du Hâvre*, *du Faubourg-Saint-Honoré*, de *Monceau*, de *la Pépinière*, *des Saussayes*, *du Cirque* et de *l'Élysée*, du *Cours la Reine* et du quai de *la Conférence?*

Tout au plus pourrais-je ajouter que le 14 juillet 1817, au n⁰ 8 de la rue Royale, mourait une femme illustre par ses écrits, madame de Staël ; que le 27 mars 1827, au n⁰ 9 de la même rue, s'éteignait le duc de Larochefoucault-Liancourt, philanthrope célèbre qui fut l'un des propagateurs de la vaccine, le protecteur de l'enseignement mutuel, et le fondateur d'une des trois écoles d'arts et métiers que la France possède ; qu'un grand musicien, Spontini, est mort en 1851 dans la rue Neuve-des-Mathurins ; que dans la même rue demeurait le maréchal Brune, le vainqueur du Helder, si odieusement massacré à Avignon en 1815; et qu'enfin dans la rue de la Ville-l'Évêque se trouvait la demeure de Fabre d'Églantine, poëte et conventionnel, à qui l'on a dû les noms sonores donnés aux douze mois du calendrier républicain.

Est-il nécessaire de constater que la rue de *Suresnes* était autrefois le chemin par lequel on allait à Suresnes? que la rue et le boulevard de *Courcelles*, ainsi que le boulevard des *Batignolles*, doivent leur nom au voisinage de deux villages formés aux portes de l'ancien Paris? et qu'enfin la rue *Saint-Lazare* s'appelle ainsi, parce qu'elle conduisait au clos dépendant de l'ancien couvent de Saint-Lazare, devenu prison tout en gardant son vieux nom?

Parmi les noms de rues ayant une origine purement topographique, cinq seulement me paraissent mériter une explication sommaire; ce sont les rues *du Rocher, de l'Arcade, du Centre, du Bel Respiro* et *du Colysée.*

La première doit son nom à une enseigne représentant un rocher, et la seconde à une arcade qui la traversait pour permettre aux Bénédictines de la Ville-l'Évêque d'aller de leur couvent à leur jardin. La troisième a été appelée rue du Centre parce qu'elle a été ouverte en 1842 au centre des jardins de l'ancienne Folie-Beaujon. La quatrième, de création plus récente encore, a reçu le nom d'une maison de plaisance qu'un bel esprit, quelque peu prétentieux, avait baptisée : *le château du Bel Respiro;* nos pères, qui n'entendraient rien à nos façons de parler cosmopolites, auraient dit tout simplement : le château du Bel Air.

La cinquième enfin, qui s'appelait primitivement *ruelle des Gourdes,* sans doute parce qu'on y cultivait cette sorte de plante, a pris en 1769 le nom d'un établissement qui venait d'y être construit et qui était destiné à des fêtes et des spectacles.

Cet établissement, qui s'appelait *le Colysée,* en souvenir du vaste cirque dans lequel se donnaient à Rome les fêtes populaires et dont il reste aujourd'hui de si magnifiques ruines, cet établissement a été démoli vers 1780. Il occupait un vaste espace compris entre les rues du Colysée, de Ponthieu, les avenues Matignon et des Champs-Élysées ; la rue Montaigne passe sur l'emplacement de la salle de bal.

En vertu d'un ancien usage, que nos lois ont consacré, les propriétaires qui ouvrent sur leurs terrains une rue nouvelle et qui en font la cession gratuite à la Ville, ont le droit de donner à cette rue un nom de leur choix, le leur ou celui de leur famille, ou bien, s'ils sont plus modestes et plus soucieux de conserver le souvenir des choses disparues, le nom de ceux qui les possédaient avant eux.

C'est ainsi qu'un certain nombre de rues du VIIIe arrondissement portent le nom de leurs créateurs ; et si vous me demandez pourquoi je ne fais pas figurer ceux-ci dans la classe des bienfaiteurs de l'arrondissement, je vous répondrai que le plus souvent l'ouverture de la voie nouvelle donnait au surplus de leurs terrains une grande plus-value, et que le don gratuit de cette voie à la Ville de Paris n'avait d'autre but que d'obtenir plus aisément le droit de faire une bonne spéculation.

Je trouve dans cette catégorie, les rues *d'Astorg*, *de Roquépine*, *de Duras*, qui datent du siècle dernier, la cité *Odiot*, les rues *Marbeuf*, *Godot de Mauroy*, *Greffulhe* et *de Castellane*, créées de 1825 à 1850, enfin les rues *de La Baume* et *d'Albe*, ouvertes de 1860 à 1870. Cette dernière seule mérite une notice particulière par les circonstances qui ont accompagné sa création : *la duchesse d'Albe*, sœur de l'impératrice Eugénie, était décédée dans un hôtel de l'avenue des Champs-Élysées, connu sous le nom *d'hôtel Lauriston*, parce qu'il avait appartenu au maréchal Law de Lauriston, petit-fils du célèbre financier Law. L'impératrice fit démolir l'hôtel et ouvrir sur son emplacement une rue qu'elle nomma rue d'Albe en souvenir de la morte, et qui aujourd'hui est une des plus élégantes voies publiques du quartier des Champs-Élysées.

Je vous ai cité, il n'y a qu'un instant, le nom de la rue de *Ponthieu;* d'où vient ce nom, qui n'appartient à aucune famille connue, et qui rappelle un passé depuis longtemps disparu, puisque le comté de Ponthieu, sorti quatre fois par apanage du domaine de la couronne, y est rentré définitivement en 1690 et a été à cette époque réuni au gouvernement de Picardie?

D'où viennent aussi ces noms nouveaux de *Mosnier* et *Larribe?* Malgré toutes mes recherches, j'avoue que je n'ai pu le découvrir.

Mais je trouve, à l'angle de l'une des rues ouvertes sur l'emplacement de l'ancien abattoir du Roule, le

nom d'une petite bourgade de France, doublement célèbre, *Vézelay*.

C'est un chef-lieu de canton du département de
l'Yonne, qui ne compte que 1,200 habitants, mais qui
possède une magnifique église, datant de l'an 868 et
classée parmi les monuments historiques que l'État
entretient à ses frais. C'est la patrie de l'un des fondateurs du culte protestant en France, Théodore de Bèze,
et saint Bernard y a prêché en 1146 la deuxième
croisade, celle à laquelle prit part le roi Louis le
Jeune.

Jadis ville forte, elle dépendait de l'abbé de Sainte-
Madeleine et soutint contre son suzerain, à l'époque de
l'affranchissement des communes, une lutte dont un
historien illustre, AUGUSTIN THIERRY, a raconté les émou-
vantes péripéties, dans un de ses plus remarquables
ouvrages, *Lettres sur l'histoire de France*.

Dans le quartier de l'Europe, je vous ai montré plusieurs rues qui portent les noms des grandes capitales
de cette partie du monde.

D'autres rues, moins importantes, portent les noms
d'autres capitales.

Ainsi, soit dans ce quartier, soit dans ses environs,
outre les rues de *Londres*, *Berlin*, *Saint-Pétersbourg*,
Constantinople, *Madrid*, *Lisbonne*, *Vienne*, *Amsterdam*
et *Rome*, déjà citées, et qui représentent l'Angleterre,
la Prusse, la Russie, la Turquie, l'Espagne, le Portugal,
l'Autriche, la Hollande et l'Italie, on trouve : *Stockholm*
et *Copenhague*, capitales de la Suède et du Danemark,
Moscou, ancienne capitale de la Russie, *Naples*, *Florence*,

Turin, *Messine*, *Parme* et *Milan*, autrefois capitales
des petits royaumes ou des duchés qui composaient l'Italie, *Hambourg*, jadis ville libre d'Allemagne, *Bruxelles*,
capitale de la Belgique, et *Édimbourg*, capitale de l'ancien royaume d'Écosse.

On y trouvait encore avant 1860 deux rues, suppri-
mées aujourd'hui, qui portaient les noms de Munich,
capitale de la Bavière, et de Plaisance, chef-lieu de la
province de ce nom en Italie.

Mais on n'y trouve pas certaines capitales, par
exemple, celle de la Grèce ; rien non plus n'y rappelle
la Suisse, pas plus que l'Irlande ou la Norwège ; en
revanche l'on a introduit dans cette nomenclature, on
ne sait trop pourquoi, la cité asiatique de *Téhéran*,
ville principale de la Perse. .

Je n'ai rien de spécial à vous signaler, mes enfants,
dans l'histoire de ces rues, qui ne se sont couvertes de
maisons, pour la plupart, que depuis 1860, la destruction du mur d'octroi ayant seule donné la vie à ce
quartier déshérité jusqu'alors.

CHAPITRE XXII.

VICTOIRES ET CONQUÊTES. — VALEUR MILITAIRE ET COURAGE
CIVIQUE.

La guerre et les traités qui y mettent fin en rendant,
souvent hélas! pour trop peu de temps, la paix aux
peuples épuisés, sont représentés par sept rues ou avenues du VIIIe arrondissement, les avenues de *Friedland*,
de *Wagram*, de *l'Alma* et les rues de *l'Isly*, de *Marignan*, de *Presbourg* et de *Tilsitt*.

Le 14 juin 1807, à **Friedland**, petite cité assise
sur les bords de l'Alle, dans la Vieille Prusse, Napoléon Ier remporta sur les Russes unis à ce qui restait
de l'armée prussienne, une éclatante victoire; Ney et
Oudinot furent les principaux héros de cette journée,
qui se trouvait être l'anniversaire de Marengo.

Deux ans après, le 5 juillet 1809, l'Empereur réus-
sissait à passer le Danube en face de l'armée autrichienne,
après mille dangers courus à Essling et dans l'île Lobau,
et, le lendemain, 6 juillet, son armée, s'élevant sur les
hauteurs de **Wagram**, sous une violente canonnade
et avec un grand fleuve à dos, remportait, sur les troupes
de l'archiduc Charles, une victoire décisive, à laquelle

11

contribuèrent surtout Macdonald et Berthier, fait depuis prince de Wagram.

L'**Alma** est une petite rivière de Crimée qui coule de l'est à l'ouest et se jette dans la mer Noire entre Eupatoria et Sébastopol. Le 20 septembre 1854, la petite armée anglo-française, débarquée de la veille dans la presqu'île taurique, brisait la résistance de l'armée russe, retranchée, au delà de la rivière, sur de formidables hauteurs.

L'**Isly** est, comme l'Alma, une petite rivière qu'une victoire française a rendue célèbre. Elle coule dans le Maroc, très-près des frontières de l'Algérie, non loin de la ville d'Ouchda : le 14 août 1844, le maréchal *Bugeaud* gagna sur ses bords le titre de duc d'Isly en mettant en déroute, avec 10,000 Français formés en carré, 40,000 Arabes ou Marocains, commandés par Abd–el–Kader.

Le nom de Marignan, donné à une rue ouverte vers 1855 sur l'emplacement du Jardin d'hiver, rappelle deux dates glorieuses pour la France. En effet, à **Marignan** (en italien, *Melegnano*), petite ville de Lombardie située à quelques lieues au delà de Milan, François Ier remporta en 1515 sur les Suisses et les Milanais coalisés, après une lutte de deux jours qui mérita d'être appelée la bataille des géants, une brillante victoire, à la suite de laquelle il voulut, pour honorer *Bayard* qui s'y était couvert de gloire, se faire armer chevalier par lui sur le champ de bataille. Trois siècles et demi plus tard, le 8 juin 1859, le corps d'armée du maréchal Baraguey d'Hilliers, lancé à la poursuite

des Autrichiens, vaincus à Magenta quatre jours auparavant, les battit de nouveau aux portes de la bourgade
déjà immortalisée par la victoire de François Ier.

Presbourg et Tilsitt rappellent deux traités de paix
conclus par Napoléon Ier avec ses ennemis vaincus.

A **Presbourg**, la seconde ville de la Hongrie dont
elle avait été la capitale jusqu'en 1784, Napoléon,
vainqueur à Austerlitz de l'empereur de Russie et
[de l'empereur d'Allemagne, signa avec ce dernier,
le 26 décembre 1805, la paix aux conditions suivantes :

La France acquérait l'état de Venise pour elle-même
et le Tyrol pour ses alliés les Bavarois; François II
renonçait à l'empire d'Allemagne et devenait François Ier,
empereur d'Autriche.

Le traité de Presbourg était la conséquence d'Austerlitz; celui de Tilsitt fut celle de Friedland. **Tilsitt**
est une ville assez importante de la Vieille Prusse,
située au confluent du Niémen et de la Tilse. Napoléon
y eut une entrevue célèbre avec Alexandre Ier, empereur de Russie, dont il avait ramené les troupes
tambour battant du Danube au Niémen. La paix y fut
signée entre la France, d'une part, la Prusse et la
Russie, de l'autre; de plus, en vertu d'arrangements
secrets, Napoléon et Alexandre devaient se partager
l'empire de l'Europe. Où devaient nous conduire ces
vastes projets de deux ambitieux? à de nouvelles
guerres et finalement à des désastres : en effet, cinq
ans après l'entrevue de Tilsitt, Napoléon envahissait la
Russie, et deux ans plus tard, Alexandre, vainqueur à
son tour, envahissait la France à la tête des armées de

l'Europe coalisée, et entrait dans Paris pour la première fois; il y devait revenir, et après lui d'autres envahisseurs encore!

A côté du souvenir de nos victoires, il convient de placer le souvenir des hommes que la guerre a rendus illustres. Sept noms de militaires ont été donnés à des voies publiques du VIIIe arrondissement. Ces noms sont ceux de : BAYARD, DE MATIGNON, DUPHOT, RICHE-PANSE, DE ROVIGO, DE RIGNY et DARU.

Pierre *du Terrail*, seigneur de **Bayard**, le chevalier sans peur et sans reproche, naquit en 1476 près de Grenoble. Il se signala pour la première fois à Fornoue, lors de l'expédition de Charles VIII en Italie (1495 — il n'avait alors que 19 ans). Sous Louis XII, il contribua puissamment à la conquête d'une partie de l'Italie. Comme autrefois Horatius Coclès, il défendit seul contre les Espagnols le pont du Garigliano, ce qui lui fit décerner cette devise: *Vires agminis unus habet* (la force de l'armée réside dans un seul). Il prit une part glorieuse à la victoire d'Agnadel (1509). Puis il combattit avec succès le pape guerrier Jules II, mais il repoussa avec indignation la proposition d'un traître qui lui offrait d'empoisonner son ennemi. A la prise de Brescia, il sauva l'honneur d'une famille que menaçaient les brutalités de quelques soldats, et comme on voulait lui donner 2,500 ducats en récompense, il les accepta, mais pour les partager immédiatement, à titre de dot, entre les deux jeunes filles qu'il venait de protéger.

Sous le règne de François Ier, Bayard fit de nouveau la guerre en Italie; à Marignan, ce fut lui qui, par des prodiges de valeur, décida le succès des troupes françaises : je vous ai déjà dit, mes enfants, de quelle manière le roi lui témoigna son estime et son admiration.

Enfin le 30 avril 1524, chargé de ramener une armée que l'impéritie de Bonnivet avait compromise, il la sauva en lui faisant passer la Sésia, en présence des Espagnols bien supérieurs en nombre : mais resté le dernier pour couvrir la retraite, il reçut une blessure mortelle. Quoique expirant, il se fit placer en face de l'ennemi, *ne voulant pas*, disait-il, *lui tourner le dos pour la première fois*.

Dans les rangs des Espagnols se trouvait un Français, un prince du sang royal, le connétable de Bourbon, et ce traître vint à passer auprès de l'arbre sous lequel agonisait le bon chevalier : « Ah! monsieur de Bayard, dit-il, que j'ai grand' pitié de vous voir en cet état, vous qui fûtes si vertueux chevalier! »

— « *Monsieur*, répliqua le mourant, *il n'y a point de pitié en moi, car je meurs en homme de bien; mais j'ai pitié de vous, de vous voir servir contre votre prince, et votre patrie, et votre serment!* »

Bayard avait alors 48 ans; avec lui périt la chevalerie, qui ne pouvait plus noblement finir.

On peut dire de lui qu'il réunissait en sa personne les vertus qu'on admire séparément dans plusieurs des héros de l'antiquité.

Jacques *Goyon* **de Matignon** est un maréchal de France, issu d'une ancienne famille de Bretagne, qui naquit en 1525 et mourut en 1597.

L'histoire nous le montre se signalant pour la première fois à la bataille de Saint-Quentin, où il fut fait prisonnier (1557), puis à Jarnac et à Moncontour.

Son caractère généreux ne lui permit pas d'exécuter dans Alençon et dans Saint-Lô, dont il était gouverneur, les ordres barbares de Charles IX lors de la Saint-Barthélemy (1572).

Fait maréchal en 1579, on le voit prendre part aux guerres de religion qui désolèrent la France à la fin du XVIᵉ siècle. Vainqueur à Nérac du roi de Navarre lui-même, il n'en fut pas moins, dans sa loyauté, l'un des premiers à le reconnaître pour roi de France après la mort de Henri III (1589).

Léonard **Duphot**, né à Lyon vers 1770, se distingua dans diverses actions de la campagne de 1796 en Italie. Il attira l'attention du général Bonaparte qui le chargea d'organiser une partie des troupes de la République Cisalpine (Piémont et Milanais). Le jeune général se trouvait à Rome, en décembre 1797, dans le palais même de l'ambassadeur de France, lorsque ce palais fut inopinément assailli par la populace romaine. Il voulut calmer les assaillants, et fut presque immédiatement égorgé par eux. Sa mort fut vengée peu de jours après par la prise de Rome, qui tomba au pouvoir d'une division, détachée de l'armée française par le général Bonaparte à la nouvelle de cet assassinat.

Antoine **Richepanse**, né à Metz en 1770, était déjà général en 1796. Il prit une part importante à une foule de combats; ce fut lui qui, par une manœuvre habile, mais difficile à exécuter, décida le gain de la célèbre bataille de Hohenlinden (1800). Commandant d'une division dans le corps expéditionnaire de Saint-Domingue, il devint en 1802 gouverneur de la Guadeloupe; il y comprima une formidable insurrection des noirs, mais il succomba dans l'année même à la fièvre jaune.

Réné *Savary* naquit dans les Ardennes en 1774 et mourut en 1833. Capitaine de cavalerie à 19 ans, il remplissait les fonctions d'aide de camp auprès des généraux qui commandaient dans le Nord ou sur le Rhin. Aidé de camp du fameux Desaix, il le suivit en Égypte et à Marengo. Bonaparte, adoptant la famille militaire de Desaix mort dans cette mémorable bataille, prit Savary et Rapp comme aides de camp, et en obtint en retour un dévouement aveugle. Colonel de la gendarmerie d'élite, Savary fit exécuter la sentence rendue en 1804 contre le duc d'Enghien.

Général de brigade, on le voit aux côtés de Napoléon à Austerlitz, à Iéna, à Eylau, à Friedland; général de division, il est chargé de gouverner la Prusse vaincue. C'est alors qu'il fut fait duc **de Rovigo**.

En 1808, il commanda en chef l'armée d'Espagne, en attendant l'arrivée du roi Joseph. Deux ans après, Napoléon, mécontent à bon droit des services de Fouché, ministre de la police, remplaça celui-ci par le duc de Rovigo, sur la fidélité duquel il pouvait compter.

En 1815, Savary suivit Napoléon sur *le Bellérophon*, mais les Anglais ne lui permirent pas d'accompagner l'Empereur à Sainte-Hélène, et le retinrent prisonnier dans l'île de Malte. Il s'évada au bout de 7 mois, et revint en France, en 1819, afin de faire casser un jugement qui l'avait condamné à mort par contumace. Exilé, il vécut à Rome jusqu'en 1830, et revit alors sa patrie qui le fit commandant en chef de l'armée d'Afrique jusqu'à sa mort. *Rovigo*, dont il portait le nom, précédé du titre de duc, est une petite ville d'Italie, située sur l'Adigetto (petit Adige) dans la province de Venise.

Le comte Henri **de Rigny**, né à Toul en 1782, mort en 1835, n'appartient pas, comme les précédents, à l'armée de terre, bien qu'il ait plus fait la guerre sur le continent que sur les mers. Entré fort jeune dans la marine, il fut en 1806 incorporé dans le bataillon des marins de la garde, fit les campagnes d'Allemagne et d'Espagne, et rentra dans la marine proprement dite en 1816 avec le grade de capitaine de vaisseau. Contre-amiral en 1824, il croisa pendant quelques années avec une escadre dans le Levant, afin de protéger les Grecs révoltés contre la domination musulmane. Il commandait les vaisseaux français qui, réunis aux flottes d'Angleterre et de Russie, incendièrent à Navarin toute la flotte turque (1827). Il fut fait vice-amiral après cette journée, plus mémorable par ses résultats que par l'action elle-même, et devint successivement, après 1830, ministre de la marine, ministre des affaires étrangères, et ambassadeur à Naples.

Pierre Antoine Noël *Brunot,* comte **Daru,** est né à Montpellier en 1767 et est mort en 1829. C'était un littérateur, qui par les services qu'il a rendus aux armées françaises, a mérité de figurer parmi les héros de la vie militaire.

Commissaire des guerres de 1783 à 1789, il fut emprisonné sous la Terreur et délivré par le 9 Thermidor. Il devint membre du Tribunat en 1802, ministre plénipotentiaire à Berlin en 1806, et ministre secrétaire d'État en 1811; mais, pendant presque tout l'Empire, il remplit le poste d'Intendant général de la grande armée, et s'attira l'affection de Napoléon par son zèle et son exactitude dans ces fonctions si difficiles quelquefois. Le grand capitaine savait en effet de quelle importance est la distribution régulière des vivres aux troupes en campagne.

Comme littérateur, Daru était déjà connu en 1806, car à cette date il fut nommé membre de l'Institut.

Devenu pair de France sous la Restauration, il occupa ses loisirs à divers ouvrages, tels que la traduction des œuvres d'Horace, une histoire de la Bretagne et une histoire de la République de Venise.

Un des pavillons du nouveau Louvre porte le nom de *pavillon Daru*.

La valeur militaire est une grande vertu, assurément, mes enfants; mais je crois, et l'histoire le prouve, qu'il est souvent moins difficile d'être courageux sur le champ de bataille que dans certaines circonstances de la vie civile. Occupons-nous donc de ceux qui ont montré ce que j'appellerai le courage civique et dont les noms peuvent se lire à l'angle de quelques-unes des rues du VIIIe arrondissement. Ils sont au nombre de six : Boissy d'Anglas, Malesherbes, Tronchet, Desèze, Chauveau-Lagarde et Tronson du Coudray.

François Antoine **Boissy d'Anglas**, né en 1756

11.

dans l'Ardèche d'une famille protestante, se fit recevoir avocat, et fut élu député du tiers-état pour
la sénéchaussée d'Annonay (1789). Devenu procureur-
syndic de l'Ardèche, il fut envoyé par ce département
à la Convention en 1792. Il s'y distingua par la
modération de ses opinions, par la multiplicité de ses
travaux et par sa fermeté héroïque dans ces temps
difficiles.

Il présidait dans cette triste journée du 1ᵉʳ prairial
an III (20 mai 1795), où les faubourgs insurgés enva-
hirent l'Assemblée pour la forcer à ramener le régime
de la Terreur. Insulté, menacé même, Boissy d'Anglas
qui s'était couvert devant la foule envahissante, salue
respectueusement une tête, qu'un forcené lui présente
au bout d'une pique, et qu'il reconnaît pour être celle
de son jeune collègue Féraud, égorgé quelques minutes
auparavant par ceux qu'il voulait empêcher de violer
l'assemblée. Puis il se rasseoit, reste impassible au milieu
de cette scène effrayante, et oblige par son courage
la populace à s'éloigner sans avoir accompli les desseins
de ceux qui l'excitaient.

Boissy d'Anglas obtint la juste récompense de sa
belle conduite : 76 départements l'élurent député aux
Cinq-Cents, qui à leur tour firent de lui leur Secrétaire,
puis leur Président. Proscrit par le Directoire, il échappa
à la déportation par la fuite ; devint, après le 18 Brumaire, membre du Tribunat; sous l'Empire, sénateur
et comte, et enfin, sous la Restauration, pair de France.
Il mourut en 1826, laissant, entre autres ouvrages,
une Vie de Malesherbes, dont vous allez retrouver le

nom, et dont il était plus que tout autre capable d'apprécier le courage civique.

Guillaume Chrétien *Lamoignon* de **Malesherbes**, fils du chancelier de ce nom, naquit à Paris en 1721. Il fut successivement substitut du procureur général, conseiller au parlement de Paris, président de la Cour des aides, directeur de la librairie, etc., et il se montra dans ces diverses fonctions aussi ferme qu'éclairé.

En 1770 et en 1771, il adresse à Louis XV de sévères remontrances sur l'établissement de nouveaux impôts et pour la défense des prérogatives du parlement ; comme directeur de la librairie, il favorise la liberté de la presse.

Exilé pour sa hardiesse en 1771, il ne reprit ses fonctions qu'à l'avénement de Louis XVI, qui l'appela au ministère avec Turgot, son ami (1775). Malesherbes voulait faire abolir les lettres de cachet et blâmait les dépenses excessives de la cour ; il dut se retirer un an après, ainsi que Turgot, qui n'avait pas réussi mieux que lui dans ses projets de réforme. Rappelé au ministère en 1787, il y resta peu de temps et retourna bientôt dans une campagne où il vivait en paix, cultivant les lettres, et prévoyant la fin prochaine de la monarchie.

La Révolution l'aurait oublié sans doute s'il n'avait sollicité le dangereux honneur d'assister Louis XVI dans son procès. Il s'acquitta de cette tâche avec un grand courage ; sur une observation qu'il faisait, dans le cours du procès, l'un des membres de l'assemblée qui jugeait le roi, s'écria : « Qui vous rend si audacieux de nous parler ainsi? » et Malesherbes répondit : « *Ma vieillesse!* » Il avait 72 ans alors.

Un an après l'exécution de Louis XVI, des envoyés du Comité révolutionnaire vinrent l'arracher à sa retraite pour le conduire à l'échafaud avec toute sa famille (1794). C'est en souvenir de sa conduite si noble et si courageuse que son nom a été donné au magnifique boulevard ouvert près du cimetière où avaient été inhumés les restes de son royal client.

François Denis **Tronchet**, né à Paris en 1726, mort en 1806, était un jurisconsulte qui se fit une grande réputation comme avocat consultant; il devint membre des États Généraux, et fut un des trois conseils choisis par Louis XVI lors de son procès. Pendant la Terreur Tronchet courut de grands risques; mais après le 9 Thermidor, il fut successivement membre du Conseil des Anciens, sénateur, président de la Cour de cassation instituée en 1801, et il eut en cette qualité une grande part dans la préparation du code civil.

Raymond **Desèze**, né à Bordeaux en 1748, exerça d'abord avec succès la profession d'avocat dans sa ville natale. Appelé à Paris par le ministre de Vergennes, il y fut chargé de quelques grandes causes qui le mirent en évidence. Lors du procès de Louis XVI, Target, que le prince avait choisi pour être son conseil avec Tronchet et Malesherbes, ayant refusé ce périlleux honneur, Desèze offrit ses services qui furent acceptés. Ce fut lui qui prononça la défense du roi devant la Convention, le 26 décembre 1792. Arrêté comme suspect de royalisme, il échappa à la guillotine et put sortir de prison après le 9 Thermidor.

Volontairement éloigné de toute fonction publique sous le Directoire et sous l'Empire, il fut nommé par les Bourbons président de la Cour de cassation, comte et pair de France. Élu à l'Académie française en 1816, il mourut en 1828.

Comme celui de Malesherbes, les noms de Tronchet et de Desèze ont été donnés à des voies publiques voisines de l'ancien cimetière de la Ville-l'Évêque.

Claude François **Chauveau-Lagarde**, né à Chartres en 1756, mort en 1841, était aussi un avocat, qui se distingua en défendant pendant la Terreur un grand nombre d'accusés appelés à comparaître devant le terrible tribunal révolutionnaire. La reine Marie-Antoinette, veuve de Louis XVI, madame Élisabeth, sœur de ce prince, et Charlotte Corday, qui tua Marat, ont été défendues par Chauveau-Lagarde, qui fut à son tour arrêté, mais que le 9 Thermidor sauva comme tant d'autres victimes promises à l'échafaud.

Il continua, sous les divers régimes qui se succédèrent, l'exercice de sa profession avec la même indépendance, et mérita l'estime de tous.

En 1806, Napoléon le gratifia d'une des charges d'avocat au Conseil d'État qu'il venait de créer. Les Bourbons, à leur tour, lui donnèrent la croix d'honneur avec des titres de noblesse, et le nommèrent en 1828 conseiller à la Cour de cassation.

Guillaume Alexandre **Tronson du Coudray**, né à Reims en 1750, se fit avocat et ne tarda pas à se distinguer par son éloquence. Il s'offrit pour défendre Louis XVI, mais ne fut pas accepté. Il prêta, lui aussi, son ministère pendant la Terreur à un grand nombre d'accusés, parmi lesquels l'on doit, si je ne me trompe, compter Marie-Antoinette, déjà assistée par Chauveau–Lagarde.

Il fit ensuite partie du Conseil des Anciens, et fut déporté après le 18 Fructidor à Cayenne, où il mourut en 1795.

Comme ceux des avocats de Louis XVI, les noms des deux avocats de Marie–Antoinette ont été donnés à des rues qui se trouvent aux environs de la Madeleine et de la Chapelle expiatoire.

Avant de passer, mes enfants, à une autre série de notices biographiques, je crois utile de vous dire les faits intéressants dont le souvenir se rattache aux diverses voies publiques, portant l'un des vingt noms précédents.

Quelques-unes de ces voies sont de création très-récente, elles n'ont donc pas d'histoire. Les autres, plus anciennes, ont été dans le passé, désignées autrement qu'elles ne le sont aujourd'hui : ainsi la rue de Rigny s'appelait rue *Saint-Michel* à cause d'une vieille enseigne ; la rue Daru s'appelait rue de *la Croix du Roule*, parce qu'il y existait jadis un calvaire ; la rue Boissy d'Anglas s'est successivement appelée rue de *l'Évêque*, rue de *l'Abreuvoir-l'Évêque*, puis rue de *la Madeleine* ; la rue Tronson du Coudray se nommait rue *Notre-Dame de Grâce*, parce qu'elle a été ouverte, ainsi que la rue Tronchet, sur l'emplacement du vaste cou-

vent de Notre-Dame de Grâce, démoli en 1792 ; la rue
Duphot passe, à son débouché dans la rue Saint-Honoré (1er arrondissement), sur le terrain que recouvrait
la maison habitée par les deux frères Robespierre ;
enfin, la rue de Rovigo n'est qu'une fraction de la rue
de la Bienfaisance, dont je vous parlerai bientôt.

CHAPITRE XXIII.

Quatre voies publiques du VIIIe arrondissement rappellent le souvenir de quelque bienfaiteur. Ce sont les rues *Beaujon*, *d'Aguesseau*, *Fortin* et de *la Bienfaisance*.

Sur M. de **Beaujon**, je n'ai rien à vous dire, mes enfants, que je ne vous aie dit déjà, et sur les deux **d'Aguesseau**, je n'ai que quelques détails biographiques à ajouter à ceux que je vous ai donnés, à propos du marché fondé par eux.

Joseph Antoine, le conseiller honoraire au parlement de Paris, celui qui eut l'idée d'établir ce marché et qui en poursuivit pendant plusieurs années la réalisation, est un personnage assez obscur dont l'histoire a fait peu de cas, tandis qu'elle a dû s'occuper de *Henri François*, le Chancelier de France, qui termina l'opération entreprise par son frère.

Ce dernier naquit en 1668 dans le Limousin dont son père était l'intendant. A 22 ans, il était avocat général au parlement de Paris, et à 28, procureur général. Orateur éloquent, magistrat intègre, philosophe instruit et éclairé, il jouit bientôt d'une grande réputation qui

s'accrut encore par les sages réformes dont il se fit
le promoteur ou le défenseur. Aussi en 1717, le Régent
du royaume pendant la minorité de Louis XV l'appela-
t-il au poste de Chancelier de France, mais d'Aguesseau
n'était pas un courtisan, et de même qu'il avait encouru
la disgrâce de Louis XIV pour lui avoir résisté dans
une question religieuse, il se fit destituer et exiler,
dès 1718, pour avoir combattu le déplorable système
de Law. On le rappela deux ans après, quand le
financier écossais eut accumulé en France les désastres
sur les désastres. En 1722, le cardinal Dubois le fit
exiler de nouveau, et les sceaux ne lui· furent rendus
qu'au bout de 15 ans, par un autre cardinal, également
premier ministre, le cardinal Fleury. Il les conserva
jusqu'en 1750, et de lui-même se retira des affaires,
sentant sa fin prochaine ; il mourut en effet en 1751,
à l'âge de 83 ans.

Le nom de **Fortin** n'a pas été donné à une rue du
VIIIᵉ arrondissement par la reconnaissance publique :
elle a pris le nom du propriétaire qui l'a ouverte en
1829 sur ses terrains, et c'est seulement après la mort
de ce propriétaire qu'on a pu le classer au nombre des
bienfaiteurs de Paris.

Théodore Marie *Fortin d'Ivry*, domicilié à Paris, rue
de la Réforme du Roule, nᵒ 21 (ainsi s'est appelée
pendant quelques mois la rue des Écuries-d'Artois), est
décédé à Chaïba (Algérie) le 3 octobre 1849.

On lit dans son testament : « Je donne et lègue aux
» pauvres de la Ville de Paris tous mes biens et toutes
» mes créances de France ; je donne et lègue aux pauvres

» d'Alger tous mes biens et créances d'Algérie, le tout
» avec les droits actifs et les charges qui les grèvent,
» etc... L'Administration des pauvres à Paris devra
» employer *la moitié au moins* de ce qui lui reviendra
» en faveur d'établissements à créer pour l'éducation
» et l'instruction gratuite ou à prix infime d'enfants
» des deux sexes dirigés par des frères des écoles chré-
» tiennes ou autres corporations religieuses ensei-
» gnantes. »

La liquidation de la succession de M. Fortin a été
longue ; on en connaît aujourd'hui le résultat : elle se
solde par un excédant de l'actif sur le passif de près de
1,200,000 francs pour les biens de France seulement, et
la moitié de cette somme, versée par l'Administration
de l'Assistance publique dans la caisse de la Ville de
Paris, va être très-prochainement employée par celle-ci
à la construction d'un groupe scolaire congréganiste.
Dans quel arrondissement, je ne saurais le dire : peut-
être serait-il juste que ce fût dans celui où ce bienfaiteur
avait son domicile, et près de la rue qui porte son nom.

Quant à la rue de *la Bienfaisance*, elle s'appelait au
siècle dernier rue de l'Observance ; vers 1812, on lui
donna le nom qu'elle porte encore, en l'honneur du
docteur Goetz, célèbre inoculateur de la vaccine, que
sa bienfaisance avait rendu populaire : il demeurait au
n° 5, et mourut en 1815.

A côté des bienfaiteurs de Paris, voulez-vous, mes
enfants, que nous placions les savants, ces bienfaiteurs
de l'humanité toute entière ?

Nous trouvons dans les rues du VIII⁰ arrondissement

six noms de savants, dont trois seulement sont Français : GALILÉE, BERNOUILLI, EULER, LAVOISIER, PELOUZE
et CLAPEYRON.

Le premier appartient à l'Italie ; en effet, **Galilée**
(*Galileo Galilei*) est né à Pise en 1564. Il était d'origine
noble, mais pauvre : on le destina à la médecine, mais
une vocation irrésistible l'entraîna vers l'étude des sciences
mathématiques, et il y réussit si bien qu'à 24 ans il
obtenait des Médicis la chaire de mathématiques à
l'Université de Pise. Il ne l'occupa que pendant quatre
ans, ayant été forcé de quitter sa ville natale, à cause
de la hardiesse de ses idées qui contrariaient les idées
reçues. Il alla professer à Padoue, et c'est là qu'il
fit les plus importantes des découvertes qui l'ont rendu
à jamais illustre : je vous citerai entre autres, celle des
lois de la pesanteur, l'invention du pendule, du ther-
momètre, du télescope enfin, avec lequel il fit les observations qui ont si profondément modifié la science
astronomique.

Après vingt ans d'enseignement à l'Université de
Padoue, il vint à Florence sur les instances du grand-
duc de Toscane auprès de qui il jouit d'une grande faveur.

Mais la fin de sa vie fut peu heureuse. Il avait publié
quatre dialogues dans lesquels il démontrait, d'après
Copernic, astronome polonais, que le mouvement du
soleil n'est qu'apparent, que ce qui tourne réellement,
c'est la terre, et non le soleil qui est immobile : on
le dénonça au tribunal romain de l'Inquisition (1633).
Il fut condamné, et il se vit à 70 ans contraint d'abjurer
à genoux les interprétations de la Bible qu'il avait données

pour la concilier avec le système de Copernic, et de plus il perdit sa liberté pour un temps indéfini.

Il est vrai que, d'après de récentes recherches, Galilée eut un palais pour prison, et que physiquement il n'eut pas à souffrir; mais quelle peine morale n'était-ce pas pour un si grand esprit de renier tout le travail de sa vie !

On raconte qu'après avoir prononcé l'abjuration qui lui était imposée, il ne put s'empêcher de dire à demi-voix : « *E pur si muove!* » — Et pourtant elle se meut !

Oui, la terre se meut, comme tous les autres astres, autour du soleil immobile, et nul ne songe aujourd'hui à contester, au nom de la légende sacrée de Josué arrêtant le soleil, une vérité pour laquelle un homme de génie a souffert.

Après cette triste journée, Galilée ne voulut plus rien écrire : d'ailleurs il perdit bientôt la vue, et mourut en 1642 à l'âge de 78 ans.

Le nom de **Bernouilli** a été porté par une nombreuse suite de savants distingués, dont les plus connus sont Jacques, Jean, son frère, et Daniel, fils de Jean.

Jacques était mathématicien ; né à Bâle en 1654, il y professa les mathématiques, et mérita par ses découvertes d'être associé aux Académies de Paris et de Berlin. Il mourut à Bâle en 1705. On lui doit, surtout sur le calcul différentiel et intégral, de remarquables travaux qu'a publiés son neveu *Nicolas*, fils aîné de Jean.

Jean, frère de Jacques, était géomètre ; il est né

également à Bâle, en 1667. Il professa les mathématiques, d'abord à Groningue, puis à Bâle même après
la mort de son frère. Associé des Académies de Paris,
de Berlin, de Londres, et de Saint-Pétersbourg, il n'en
était pas moins en querelles presque constantes avec
les savants étrangers : il se brouilla même avec son
frère à l'occasion de la solution de divers problèmes.
Cependant on assure qu'il resta l'ami de quelques
savants français avec lesquels il s'était lié, lors d'un
voyage qu'il fit à Paris en 1690. Il mourut en 1748.

Daniel, deuxième fils de Jean, né à Groningue en 1700,
est mort à Bâle en 1782. Il s'adonna à l'étude des
sciences mathématiques et principalement des sciences
naturelles, et se fit recevoir médecin.

D'abord professeur de mathématiques à Saint-Pétersbourg, il revint en 1733 à Bâle pour y professer successivement l'anatomie, la botanique et la physique. Il fut,
comme son père, l'associé des quatre académies scien-
tifiques de l'Europe, et il remporta devant celle de
Paris un si grand nombre de prix qu'il s'en put faire
une sorte de revenu. Il avait, cependant, dans tous ses
concours, un terrible rival, Euler, élève, comme lui-
même, de son père Jean.

Léonard **Euler** est né en 1707 et est mort en 1783.
Il était de Bâle comme ses maîtres et rivaux les Bernouilli, qu'il accompagna à Saint-Pétersbourg, où il
vécut de 1727 à 1741, et de 1775 à l'époque de sa
mort : c'est à Berlin qu'il s'était fixé dans l'intervalle.

Devenu aveugle à 59 ans, Euler n'en fut pas moins
assidu à l'étude : chercheur infatigable, il a produit

un nombre prodigieux d'ouvrages et a fait faire de grands progrès aux sciences mathématiques, et surtout au calcul différentiel et intégral. Il s'occupa avec succès de la mécanique et de la construction des vaisseaux. On rapporte qu'il eut d'assez vifs démêlés avec un autre rival de gloire scientifique, le Français *D'Alembert*, et que le bon droit n'était pas de son côté.

Membre des Académies de Saint-Pétersbourg et de Berlin, dont les gouvernements lui servaient une pension, il était associé de l'Académie de Paris : il a écrit en français une partie de ses ouvrages.

Vous avez vu, mes enfants, que le nom de Bernouilli représente une véritable dynastie de savants; on en pourrait presque dire autant de celui d'Euler, les trois fils de ce dernier ayant été, eux aussi, des hommes remarquables : l'aîné, lauréat de l'Académie de Paris, enseigna la physique à Saint-Pétersbourg; le second, également lauréat de notre Académie, fut le médecin du Czar, et le troisième, né à Berlin, y appliqua avec succès les mathématiques au génie militaire, et ses leçons ne paraissent pas avoir été perdues.

Antoine-Laurent **Lavoisier** est né à Paris en 1743. Fils d'un commerçant aisé, il fut entraîné par le goût le plus vif vers les sciences naturelles : à 25 ans, il entrait à l'Académie des sciences!

Comme les expériences auxquelles il se livrait étaient très-dispendieuses, il se fit nommer fermier général, et trouva de grandes facilités dans cette position lucrative, qu'il n'avait recherchée que pour acquérir de plus puissants moyens d'action scientifique, et qui devait un jour lui être imputée à crime !

On lui doit de grandes découvertes en chimie : en 1775, il démontra que la calcination des métaux et, en général, la combustion des corps est le produit de l'union de l'oxygène, ou air respirable, avec ces corps ; en 1784, il parvint à la décomposition de l'eau, et en 1787, il créa, avec Guyton de Morveau, une nouvelle nomenclature chimique qui devait opérer une révolution dans la science.

Il rendait en même temps les plus grands services à l'administration et au commerce.

Membre d'une commission, nommée par l'Académie des sciences pour étudier les conditions d'établissement des meilleurs hôpitaux, il déterminait le volume d'air respirable nécessaire à chaque malade. Nommé par Turgot directeur des poudres et salpêtres, il en améliorait la fabrication, et voyait ses essais couronnés de succès : car ce fut avec les premières poudres sorties de l'établissement qu'il dirigeait, que se fit la guerre d'Amérique, celle que les Américains appellent la guerre de l'Indépendance. Il perfectionna les engrais si nécessaires à l'agriculture, et coopéra à l'établissement du nouveau système des poids et mesures, basé sur le mètre.

Malgré tant de titres à la reconnaissance publique, Lavoisier fut traduit au tribunal révolutionnaire, parce qu'il appartenait au corps détesté des fermiers généraux, et il fut décapité le 8 mai 1794. Il avait commencé d'importants travaux que sa mort laissa interrompus, et c'est en vain qu'il demanda un délai de quelques jours pour achever des expériences utiles à l'humanité !

L'État lui a rendu en 1847 un hommage solennel, en éditant magnifiquement ses œuvres complètes.

Les débuts de Théophile-Jules **Pelouze**, né à Valognes (Manche) en 1807, mort à Paris en 1867, furent très-modestes : il fut en effet pendant quelque temps élève en pharmacie à La Fère. Mais dès 1827, il fut appelé dans le laboratoire que dirigeait à Paris le célèbre *Gay-Lussac*; deux ans après il obtint au concours l'emploi d'interne en pharmacie, mais il quitta bientôt son service à la Salpêtrière pour retourner près de Gay-Lussac.

Il fut appelé à Lille en 1830 pour y occuper la chaire de chimie que venait de créer la municipalité de cette ville, mais revint à Paris l'année suivante avec le titre de répétiteur de chimie à l'École Polytechnique, titre auquel il joignit, en 1833, celui d'essayeur à la Monnaie. Il fit, en 1836, un voyage en Allemagne, où il se lia avec Liebig et entreprit avec ce savant une série de recherches sur les corps organiques.

A peine âgé de 30 ans, Pelouze entrait à l'Académie des sciences et suppléait *Thénard* au Collège de France; il succéda définitivement au grand chimiste quelques années après, et occupa sa chaire jusqu'en 1851. A cette époque, il était déjà président de la Commission des monnaies et membre du Conseil municipal de Paris.

Il avait fondé, en 1846, un laboratoire-école, qu'il dirigea encore quelque temps après avoir abandonné le haut enseignement.

Outre un grand nombre d'intéressants mémoires insérés dans les *Comptes rendus des séances de l'Académie des sciences*, dans les *Annales de chimie et de physique*, et dans le *Dictionnaire de physiologie*, Pelouze a publié en collaboration avec M. Frémy un *Traité de chimie générale analytique*, et un abrégé du même ouvrage qui a eu un très-grand succès.

La chimie organique, la chimie minérale et la chimie industrielle ont tour à tour passionné Pelouze et lui doivent d'importantes découvertes : on peut citer, entre autres services rendus par lui à l'industrie, l'amélioration des procédés employés pour la fabrication du verre, les premiers résultats utiles des recherches faites au sujet de la composition du sucre de betterave (c'est lui qui fit voir l'identité de ce sucre avec celui de canne), la première préparation en France de la poudre-coton ; la découverte d'un procédé nouveau pour la fabrication du tannin, celle de l'éther œnanthique auquel les vins doivent leur bouquet ; enfin celle de l'aventurine artificielle à base de chrôme, dont les lapidaires se sont aussitôt emparés, etc.

Pelouze était doué d'une imagination très-vive et d'une ardeur infatigable pour le travail, deux qualités qui, lorsqu'elles sont réunies, font les grands savants, les hommes utiles à l'humanité.

On a donné son nom à une rue récemment percée dans le voisinage du collége Chaptal, comme un exemple à suivre pour les hommes pratiques qu'on s'efforce de former dans cet établissement spécial.

Le sixième savant dont le nom revit dans une des

voies publiques du VIIIe arrondissement, est Benoît-Paul-Émile **Clapeyron**. C'était un ingénieur de mérite qui naquit à Paris le 26 février 1799, et mourut le 28 janvier 1864, laissant un nom justement estimé par les services qu'il avait rendus à la grande industrie et qui lui avaient valu une place à l'Institut de France.

Si dans le VIIIe arrondissement je ne vous indique que six rues portant des noms de savants, c'est que je préfère mettre dans une classe spéciale quatre jurisconsultes, célèbres surtout pour avoir pris une grande part à la confection du code civil : TREILHARD, PORTALIS, MALLEVILLE et CAMBACÉRÈS.

Jean-Baptiste **Treilhard** est né en 1742 à Brives, dans le Limousin. Il commença sa carrière comme avocat au parlement de Paris, et y acquit promptement la réputation d'un orateur habile et éloquent. Député aux États généraux, puis à la Convention, il embrassa avec ardeur la cause de la Révolution, et fut même membre du fameux Comité de Salut public. Plénipotentiaire de la République au congrès de Rastadt, il ne quitta ce poste que pour devenir membre du Directoire exécutif.

Après le 18 Brumaire, il accepta d'entrer au Conseil d'État, où sa science profonde du droit lui permit de se faire remarquer dans la préparation des nouvelles lois civiles. Fait comte de l'Empire, il mourut en 1810.

Jean-Etienne-Marie **Portalis** naquit à Beausset, en Provence, en 1745. Reçu avocat à 21 ans, il se fit remarquer par plusieurs mémoires sur des questions de jurisprudence, et par ses plaidoyers dans des causes où il avait pour adversaires Beaumarchais et Mirabeau.

En 1795, il entra au Conseil des Anciens et, proscrit le 18 Fructidor, n'échappa à la déportation qu'en se réfugiant en Allemagne (1797).

Il rentra en France en 1800, devint presque immédiatement Conseiller d'État, et fut l'un des jurisconsultes les plus influents qui travaillèrent au code civil.

Il prit aussi une grande part aux négociations que nécessita le rétablissement du culte catholique en France, et fut nommé, après la signature du Concordat, directeur des affaires ecclésiastiques (1802). Deux ans après, ce titre était changé en celui de ministre des cultes, qu'il garda jusqu'à sa mort, arrivée à la suite d'une opération contre la cécité (1807). Portalis était membre de l'Académie Française, où l'avait fait appeler son éloquence.

Jacques de **Malleville**, né en 1741 à Domme (Périgord), plaida d'abord comme avocat à Bordeaux, et fut envoyé par son département au conseil des Cinq-Cents. Sous le Consulat, il devint membre du tribunal de cassation et coopéra activement au code civil. Il devint sénateur en 1806, et pair de France en 1814.

Il mourut en 1824, laissant un fils qui s'est également fait connaître comme jurisconsulte sous le nom de marquis de Malleville, et qui a été député, président de la cour d'appel de Paris, conseiller à la Cour de cassation, et qui est mort pair de France en 1832.

J.-J. Régis de **Cambacérès** est né en 1753 à Montpellier. A 18 ans, il succéda à son père dans la charge de conseiller à la Cour des Aides; député à la Convention, il vota, lors du procès de Louis XVI, pour la mort, avec sursis de l'exécution, et fut chargé, à cause de sa science juridique, de préparer, de concert avec Merlin de Douai, la classification et la réunion des lois civiles en un seul code. C'est ce même travail qui a été plus tard mené à bonne fin sous le Consulat et auquel Cambacérès a pris une part prépondérante.

On le voit successivement président de la Convention en 1794, président du Comité de Salut public, enfin ministre de la justice sous le Directoire. Après le 18 Brumaire, le général Bonaparte se l'adjoignit comme second consul, et, après l'établissement de l'Empire, Cambacérès, comblé d'honneurs, fut fait Archichancelier de l'Empire, prince et duc de Parme!

Pendant les absences que ses guerres continuelles l'obligeaient de faire, c'est à lui que Napoléon confiait le gouvernement effectif de la France; aussi fut-il exilé en 1814. Il se retira en Belgique, et, bientôt autorisé à rentrer en France, s'éteignit dans la vie privée en 1824.

Aux limites des VIIIe et XVIe arrondissements, sur l'emplacement de l'ancienne maison de Sainte-Périne, deux rues, nouvellement créées, portent le nom de deux illustres navigateurs, CHRISTOPHE COLOMB et MAGELLAN.

Christophe Colomb était le fils d'un fabricant de draps de Gênes; on ne sait au juste s'il naquit à Gênes même ou dans l'État de Gênes, ni si l'on doit fixer la date de sa naissance à l'année 1436 ou à l'année 1441. On sait que, passionné pour l'étude, il s'adonna à la géographie, à l'astronomie et à la géométrie, et que dans sa jeunesse il parcourut toutes les mers connues des hommes de son temps; il lui était réservé d'en découvrir de nouvelles.

Il fut amené par ses observations et par la réflexion à conjecturer l'existence à l'ouest de l'Europe, d'une terre qu'il croyait être les Indes; il proposa en conséquence de tenter le voyage par cette route nouvelle, au roi de Portugal d'abord, à la république de Gênes ensuite, mais il se vit partout durement repoussé, et traité de visionnaire.

Il s'adressa à l'Espagne où régnaient alors Ferdinand et Isabelle la Catholique; pendant huit ans il sollicita en vain le commandement d'une escadre pour l'expédition qu'il projetait. Pendant ce temps *Barthélémy Diaz* découvrait le cap des Tempêtes (1486). Enfin Christophe Colomb obtint trois vaisseaux, avec lesquels il sortit du port de Palos, en Andalousie, le 3 août 1492.

Après 65 jours de navigation, au moment où son équipage refusait de s'aventurer plus loin, il découvrit le Nouveau Monde, et le 8 octobre 1492, mit pied à terre sur une île qu'il appela *San-Salvador* (Saint-Sauveur) et qui fait partie du groupe des Lucayes. Il aborda ensuite à Cuba et à Saint-Domingue, et, de retour en Espagne en mars 1493, fut nommé vice-roi des pays par lui découverts.

Le deuxième voyage de Colomb eut lieu en septembre de la même année, et amena la découverte de la plupart des petites Antilles.

Ce fut dans le cours de son troisième voyage, en

1498, qu'il trouva enfin le Nouveau Continent dont il parcourut les côtes depuis l'Orénoque jusqu'à Karacas, pendant qu'au sud de l'Afrique *Vasco de Gama* doublait le cap des Tempêtes qu'il appelait le cap de Bonne Espérance.

La quatrième et dernière expédition de Christophe Colomb eut lieu en 1502; il poussa jusqu'au golfe de Darien.

La grande expérience que lui avaient donnée ces longues expéditions ne fut pas perdue pour l'art de la navigation : le premier, il se servit de l'astrolabe et put ainsi déterminer exactement la position d'un vaisseau par la longitude et la latitude.

Christophe Colomb fut mal récompensé d'avoir donné tout un monde à l'Espagne. Il avait dû comprimer les fréquentes révoltes de ses compagnons d'aventures, et ceux qu'il avait châtiés se faisaient, au retour, ses accusateurs. Repoussés d'abord, ils finirent par réussir, et lors de sa troisième expédition, Colomb, victime de la calomnie, se vit dépouillé de son commandement et remplacé par un obscur officier qui le renvoya en Europe les fers aux pieds! Il recouvra sa liberté, mais non son ancien crédit; tombé dans la disgrâce du roi qu'il avait fait si puissant, il mourut en 1506 accablé d'infirmités et de chagrins. Ses restes inhumés d'abord à Saint-Domingue, ville que son frère Barthélémy avait fondée, ont été transférés en 1795 à la Havane.

L'ingratitude de l'Espagne à son égard fut telle que son nom ne fut pas donné au continent qu'il avait découvert, on l'appela AMÉRIQUE, du nom d'un de ses lieutenants, *Améric Vespuce*, qui prétendit en avoir le premier fait la découverte en 1499, comme si Christophe Colomb seul n'avait pas indiqué la route à suivre !

Je dois dire cependant que le siège du gouvernement des États-Unis de l'Amérique du Nord est situé dans le district de *Columbia*, et que dans l'Amérique du Sud douze colonies, enlevées à l'Espagne et devenues indépendantes par les efforts de Bolivar, ont pris en 1819 le nom de *Colombie ;* mais bientôt le faisceau qu'elles avaient formé s'est trouvé rompu, et de la Colombie il ne reste aujourd'hui qu'un souvenir géographique, le pays qui s'appelait ainsi étant divisé entre les trois républiques de l'Équateur, de Vénézuéla et de la Nouvelle-Grenade.

Fernand **Magellan** est un Portugais qui servit d'abord sa patrie dans l'Inde sous les ordres d'*Albuquerque*. Ayant eu à se plaindre d'une injustice, il passa au service de l'Espagne.

Charles-Quint l'autorisa à se rendre aux îles Moluques, non point par la route qu'avaient suivie Diaz, Gama et Albuquerque, c'est-à-dire en doublant l'Afrique, mais par une route nouvelle : en cherchant un passage au sud de l'Amérique. Il partit avec cinq vaisseaux le 20 septembre 1519, et découvrit le 21 octobre 1520 le détroit qui porte son nom entre le continent américain et la Terre de Feu. Il traversa ensuite l'Océan qu'il appela l'Océan Pacifique, et aborda aux îles Philippines en mars 1521. Il périt peu après à Zébu, l'une des Philippines, dans une expédition contre les naturels du pays, avant d'avoir pu atteindre le but de son voyage, l'archipel des Moluques.

Nous venons de passer en revue seize rues du VIIIe arrondissement : combien de ces rues ont une histoire? Presque aucune, mes enfants, car la plupart sont des voies de formation très-récente. Cependant je puis vous signaler dans la rue Lavoisier la mort de deux personnages célèbres à des titres divers : mademoiselle Mars, la grande actrice de la Comédie-Française, est morte au n° 13 le 20 mars 1847; et l'amiral Duperré est mort au n° 22 le 2 novembre 1845.

CHAPITRE XXIV.

LES POËTES, ÉCRIVAINS ET ORATEURS. — LES ARTISTES : PEINTRES, SCULPTEURS ET ARCHITECTES.

Les lettres sont représentées dans la nomenclature des rues du VIIIe arrondissement par huit noms, dont sept appartiennent à la France et un à la Grande-Bretagne.

Suivons, mes enfants, l'ordre chronologique et commençons ces huit notices biographiques par celle de Rabelais.

François **Rabelais** est né à Chinon en 1483. C'était le fils d'un apothicaire. Il se fit d'abord cordelier, mais ne tarda pas à jeter le froc de moine, et, prêtre séculier, se fit recevoir en 1531 docteur à Montpellier, où il exerça pendant quelque temps la médecine. Chargé par la faculté de cette ville d'une mission auprès du Chancelier de France, il réussit si bien que la faculté reconnaissante ordonna que tout médecin, en passant sa thèse, revêtirait la robe de Rabelais.

Le cardinal du Bellay, ambassadeur à Rome, l'emmena avec lui en qualité de médecin, mais Rabelais était un terrible railleur qui n'épargnait personne et qui se fit beaucoup d'ennemis dans la Ville éternelle. En 1545 on le retrouve curé de Meudon, près Paris, où il mourut en 1553.

Il avait l'humeur gaie et bouffonne, et l'on raconte de lui plus d'une anecdote plaisante. Mais ce qui fait sa grande réputation, c'est son célèbre roman de *Gargantua et Pantagruel*, dans lequel il fait la satire des mœurs de son temps. Laissons de côté certains passages de cet ouvrage, qui blessent le bon goût et quelquefois aussi la morale, et bornons-nous à constater que, par cette œuvre qui est éternelle, Rabelais a mérité d'être appelé le père de la prose française.

Michel *Eyquem* de **Montaigne** naquit en 1533 au château de Montaigne, en Périgord, d'une famille originaire de l'Angleterre. Il apprit le latin en le parlant avec son père dès sa plus tendre enfance, et fut ainsi mis à même de faire au collège de Bordeaux de brillantes études. Il apprit la science du droit, et occupa successivement des charges de conseiller à la Cour des aides de Périgueux et au parlement de Bordeaux. Il abandonna ces fonctions en 1570 et se mit à voyager, parcourant la France, la Suisse, l'Allemagne et l'Italie. Quoique absent, il fut élu maire de Bordeaux.

Les Valois l'avaient en grande estime, Charles IX le fit même gentilhomme de sa chambre et chevalier de l'ordre de Saint-Michel. Dans les guerres de religion, il se fit haïr des deux partis, en voulant les concilier, et fut mis à la Bastille en 1588 par les Ligueurs. Il mourut en 1592, laissant un livre immortel, *les Essais*.

Ce *livre de bonne foi*, comme il l'appelle, a été commencé quand l'auteur avait déjà 39 ans : écrit sans ordre et sans plan, il traite des sujets divers, avec une facilité de style remarquable. C'est l'œuvre d'un sceptique, dont la devise était : *Que sais-je?* mais ce scepticisme n'était autre que le doute d'un esprit juste qui connaît la faiblesse humaine et le peu de fond que l'on peut faire sur les jugements des hommes.

Andrieux, né à Strasbourg en 1759, mort à Paris en 1833, abandonna la profession d'avocat pour occuper, pendant la Révolution, diverses charges publiques chef du bureau de la liquidation, juge au tribunal de cassation (1796), membre du conseil des Cinq-Cents (1798), membre du Tribunat (1800), professeur de belles-lettres à l'École polytechnique (1804), professeur au Collège de France (1814). Il exerça jusqu'à la fin de sa vie ces dernières fonctions avec beaucoup de succès, bien qu'il eût la voix très-faible; c'est de lui qu'on a dit : Il se faisait entendre à force de se faire écouter.

Je viens de vous montrer Andrieux homme politique et fonctionnaire; Andrieux littérateur est plus célèbre encore. Il est en effet l'auteur de nombreux drames et comédies, de charmants contes en vers et en prose, de fables enfin, qui l'ont fait admettre dès 1797 à l'Académie française, dont il devint même en 1829 le secrétaire perpétuel.

François-René, vicomte de **Chateaubriand**, est né en 1768 à Saint-Malo, et a été élevé au château de Combourg, situé non loin de cette ville.

La vie de Chateaubriand a été très-agitée : on le voit d'abord officier au régiment de Navarre, qu'il aban-

13

donne en 1788 pour se livrer à son goût pour la litté-
rature. Émigré à la Révolution, il se rend dans le
nouveau monde, et pendant une année parcourt les
forêts vierges de l'Amérique du Nord, vivant avec les
sauvages et recueillant ainsi les matériaux des beaux
poëmes en prose qui ont pour titres : *Atala, René, les
Natchez !* De 1792 à 1800, on le retrouve dans le corps
d'armée formé par les émigrés qui portent les armes
contre leur patrie ; blessé à Thionville, il se réfugie en
Angleterre, où il est obligé pour vivre de donner des
leçons de français.

Enfin, il peut rentrer en France, et y fait paraître *le
Génie du christianisme,* œuvre immense, dont les poëmes
que je viens de citer ne sont que des épisodes. Ce livre
fit événement et donna le signal d'une recrudescence
des idées religieuses. Remarqué par le Premier Consul,
il fit envoyer son auteur à Rome comme secrétaire de
l'ambassadeur, lequel était le cardinal Fesch. La carrière diplomatique s'ouvrait pour lui large et facile,
mais la mort du duc d'Enghien le rendit pour le reste
de sa vie hostile à l'Empire, et il rentra dans la vie privée, d'où il ne devait plus sortir qu'en 1814.

C'est alors qu'il fit paraître *les Martyrs,* magnifique
épopée dans laquelle il met aux prises le paganisme
expirant et le christianisme naissant ; et l'*Itinéraire de
Paris à Jérusalem,* souvenirs du voyage qu'il avait fait
aux lieux saints en vue de son roman chrétien. Ces
deux ouvrages lui ouvrirent en 1811 les portes de
l'Académie française.

Sous le gouvernenent de la Restauration, Chateaubriand fut tour à tour en faveur et en disgrâce; on le vit pair de France, ministre, ambassadeur, et son bagage littéraire ne s'enrichit que d'œuvres politiques. Il mourut en 1848 dans un état voisin du dénûment, car il s'était vu forcé pour vivre de vendre à un éditeur, qui les fit paraître de son vivant, des Mémoires qui ne devaient se produire qu'après sa mort.

Le tombeau de Chateaubriand a été placé, selon ses vœux, sur un rocher situé au milieu des flots qu'il domine, le rocher du Grand Bé, près de Saint-Malo. On a récemment élevé dans cette ville une statue au grand écrivain qui a brillé d'un si vif éclat au début de ce siècle.

Georges *Gordon*, **lord Byron**, est né à Douvres (Angleterre), en 1788. C'était le petit-fils d'un célèbre navigateur, précurseur du fameux capitaine Cook, le commodore John Byron. Ayant perdu son père à l'âge de trois ans, Byron manqua d'une direction éclairée, et toute sa vie s'en ressentit. Né boiteux, il dut à cette infirmité un caractère irritable, qui lui créa dans sa patrie beaucoup d'inimitiés, mais qui ne l'empêcha pas de se dévouer, corps et biens, à la cause des peuples opprimés.

C'est ainsi qu'il se prit de passion, d'abord pour l'Italie, ensuite pour la Grèce. Il prit part à l'insurrection de ce dernier pays contre les Turcs, et trouva même la mort à Missolonghi (1824).

Entré fort jeune à la Chambre des lords, il y siégea peu, préférant parcourir toute l'Europe et principalement les pays orientaux : c'est de là qu'il envoyait à l'Angleterre, qui les lisait avec avidité et à l'Europe entière qui les traduisait dans toutes les langues, ses beaux poëmes de *Childe Harold*, du *Corsaire*, de *Lara*, du *Giaour* et de *la Fiancée d'Abydos* ; je ne cite que les plus importants.

Pierre **Berryer** était un avocat distingué qui est mort en 1841, laissant après lui un héritier de son nom, qui l'a fait plus grand encore. C'est Berryer le père qui a été le parrain de la cité comprise entre la rue Royale et la rue Boissy-d'Anglas, mais si la postérité garde à cette cité le nom de Berryer, ce sera assurément en souvenir de Berryer le fils, le Démosthène français, mort en 1868.

Deux écrivains français ont illustré le nom de **Balzac**, l'un au début du xviiᵉ siècle, l'autre au xixᵉ. Le premier est un de ceux qui ont le plus contribué à former la langue française, mais il n'est connu que des lettrés, et c'est le second, romancier fécond et populaire, qui a donné son nom à la rue dans laquelle il est mort en 1850, l'ancienne avenue Fortunée.

Honoré de Balzac, né à Tours en 1799, était fils d'un secrétaire au conseil du roi. Il débuta en 1826, par des romans médiocres publiés sous un pseudonyme ; enfin, vers 1830, une de ses œuvres eut un grand succès, et la renommée de Balzac alla dès lors toujours en croissant jusqu'à sa mort.

Son œuvre principale a pour titre général : LA COMÉDIE HUMAINE ; c'est une vaste réunion de romans divisée en plusieurs séries qui s'appellent : *Scènes de la vie privée, de la vie politique, de la vie parisienne, de la vie de*

province, de la vie militaire, de la vie de campagne,
etc., etc.

Balzac est beaucoup moins remarquable par le style
que par l'imagination et surtout par le talent d'analyse.

On a dit avec raison qu'il ne faut pas apprendre
l'histoire dans les romans d'Alexandre Dumas; j'ajoute
qu'il ne faut pas non plus chercher à apprendre la vie
dans ceux de Balzac, qui fait le monde beaucoup
plus affreux qu'il ne l'est réellement!

Le comte Alfred **de Vigny** est, comme Balzac et
comme Rabelais, un Tourangeau : il est né à Loches
en 1799. Fils et petit-fils de militaires, il servit comme
officier sous les Bourbons, et se retira en 1828, avec le
grade de capitaine, pour se livrer tout entier à ses
goûts littéraires.

En 1822 et en 1826, il avait déjà publié deux recueils
de poésies, empreintes de l'esprit biblique, parmi lesquelles on distingue le poëme d'*Eloa*, et un roman
historique, *Cinq-Mars*. Il publia successivement *Stello*,
et les charmants récits intitulés *Servitude et grandeur
militaires*. Il a donné au théâtre français quelques
drames remarquables, *la Maréchale d'Ancre, Chatterton*,
etc.

Admis en 1845 à l'Académie française, il mourut en
1863, laissant une œuvre posthume, *les Destinées*, qui
n'a fait qu'accroître sa brillante renommée.

On compte aussi des noms d'artistes parmi les
diverses appellations de rues appartenant à cet arrondissement; ce sont ceux de cinq peintres étrangers,
de toute une famille de peintres français, d'un

sculpteur et de deux architectes, tous trois également Français.

Les peintres étrangers sont les Espagnols VELASQUEZ et MURILLO, et les Hollandais VAN DYCK, REMBRANDT et RUYSDAËL.

Don Diégo Rodriguez *di Silva* y **Velasquez** naquit à Séville en 1599 et mourut à Madrid en 1660, comblé d'honneurs par le roi d'Espagne Philippe IV.

Le musée du Louvre possède de lui divers portraits, entre autres celui de l'Infante Marguerite–Thérèse et celui d'un cardinal espagnol.

On connaît aussi trois autres peintres du même nom, trois frères qui ont vécu au xviiiᵉ siècle, mais qui sont loin d'avoir la célébrité méritée du chef de l'école gallo-espagnole.

Bartolomé-Esteban **Murillo** naquit également à Séville en 1608. Il reçut les leçons d'un maître qu'avait formé Van Dyck, et de son compatriote Velasquez. Murillo a composé un grand nombre de tableaux d'église qui l'ont mis au premier rang des maîtres. Il mourut en 1682 des suites d'une blessure qu'il s'était faite en tombant d'un échaufaudage où il travaillait.

Ses œuvres les plus remarquables sont: *Saint Jacques distribuant des aumônes* (dans le cloître de Saint-François à Séville), une *Immaculée Conception* et une *Assomption* qui appartiennent au musée du Louvre.

Murillo n'ayant pas voyagé comme Velasquez, a gardé dans toute sa pureté le caractère de l'École espagnole: il brille surtout par l'éclat et la fraîcheur du coloris.

Antoine **Van Dyck**, né à Anvers en 1599, est mort à Londres en 1641. Élève de Rubens, il excella dans l'histoire et dans le portrait. Il voyagea en Italie, en Hollande, en France et enfin en Angleterre, où il se fixa. Son extrême facilité lui permit de produire plus de 70 tableaux d'histoire et un nombre infini de portraits.

Le Louvre possède de lui une vingtaine de toiles, parmi lesquelles un *Saint Sébastien, percé d'une flèche qn'un ange retire de son côté*, un portrait de Charles Ier, roi d'Angleterre, et divers autres portraits.

Comme Velasquez, Van Dyck a eu des homonymes, artistes aussi : on cite entre autres un très-bon peintre hollandais qui vivait de 1680 à 1752, et qu'on distingue du maître en l'appelant *le petit Van Dyck* : il est représenté au Louvre par deux tableaux.

Paul **Rembrandt** *(de Gerritzen van Ryn)* est né à Leyde en 1606 et mort à Amsterdam en 1674. C'est un des premiers peintres de l'École hollandaise, et il se distingue surtout par la magie des couleurs et la vigueur de l'expression. Il excellait dans le portrait, et, graveur émérite, produisait aussi des estampes qui sont fort recherchées.

Le musée du Louvre possède une quinzaine de tableaux signés du nom de Rembrandt : on admire surtout *Tobie et sa famille prosternés devant l'ange du Seigneur, le Samaritain, Jésus à Emmaüs*, et des portraits, parmi lesquels celui du peintre lui-même, répété plusieurs fois.

Vous n'ignorez pas sans doute, mes enfants, que

les œuvres de l'imagination acquièrent une plus grande valeur par la mort de leur auteur, ne serait-ce que par ce que l'on est assuré qu'il n'en pourra plus produire de semblables. Eh bien, on reproche à Rembrandt qui ne brillait pas par le détachement des biens de la terre, d'avoir spéculé sur cette loi fatale bien connue de lui, et d'avoir vendu très-cher quelques-uns de ses tableaux, en se faisant passer pour mort! Assurément, ce n'est pas bien de tromper, mais aussi, n'est-il pas très-dur pour un homme de valeur de ne tirer lui-même qu'un profit dérisoire d'œuvres qui enrichiront leurs possesseurs après sa mort? Et Rembrandt, en livrant à cette supercherie, n'avait-il pas aussi pour but de connaître sa véritable valeur?

Jacques **Ruysdaël**, né à Haarlem en 1636, mort en 1681, peignait admirablement les marines et les paysages. Comme il était loin de dessiner aussi bien les figures, il empruntait pour cette partie accessoire de ses tableaux le pinceau de quelque autre maître, *Wouwermans* ou *Van der Velde*.

On cite parmi ses plus belles œuvres *le Coup de soleil* et *la Tempête* qui sont au Louvre avec quatre ou cinq autres productions de son génie.

Quatre peintres ont illustré le nom de **Vernet**, que l'on a donné à une rue récemment ouverte sur l'emplacement d'un lieu de plaisirs, appelé le *Château des fleurs*, et détruit depuis une dizaine d'années.

Le premier, *Antoine Vernet*, peintre assez habile, a pour principal mérite d'avoir été le premier maître de son fils *Claude Joseph*.

Celui-ci, né en 1714 à Avignon, mort à Paris en 1789, est en effet un des plus grands peintres de marine que l'on connaisse. Il a passé dix ans à représenter, sur l'ordre de Louis XV, les principaux ports de France. Son chef-d'œuvre est *la Tempête* : on raconte que, pour être mieux en état de reproduire l'horreur d'une tempête sur mer, il se fit attacher au mât d'un navire pendant un très-gros temps, et que l'amour de son art lui fit ce jour-là courir de réels dangers.

Le Louvre possède, outre la Tempête, environ 25 marines de Joseph Vernet.

Le fils de celui-ci, *Carle*, né à Bordeaux en 1758, mort en 1836, a réussi comme son père, mais il a dû ses succès à une autre spécialité, les batailles : le musée de Versailles possède de lui plusieurs tableaux représentant les grandes victoires du Consulat et de l'Empire. Il excellait aussi à peindre les chiens et les chevaux : on a de lui des chasses remarquables. Enfin, il brillait dans un genre inférieur, la caricature. Carle Vernet était de l'Académie des Beaux-Arts, et on peut dire que sa gloire serait plus grande encore, si elle ne se trouvait comme étouffée entre celle de son père et celle de son fils, *Émile-Jean-Horace*.

Ce dernier est né à Paris en 1789 et il est mort en 1863. Élève de son père, il a peint comme lui des batailles ; on lui doit, entre autres, toutes celles qui composent la salle dite *de Constantine* au musée de Versailles.

Ses débuts le rendirent extrêmement populaire, et la gravure reproduisit à l'infini *le Cheval du trompette* et

13.

le Chien du régiment. Les sujets militaires qu'il peignait se rapportant tous à l'époque impériale, le jury des expositions publiques de 1815 à 1830 refusa d'admettre ses œuvres; il en fit des expositions particulières qui attirèrent la foule et qui le firent élire en 1826 membre de l'Académie des Beaux-Arts. Cependant, dès 1828, Charles X le nomma directeur de l'École française de Rome.

Il ne cessa presque jusqu'à sa mort de produire des œuvres remarquables; on peut citer à titre d'exemples : *la Défense de Paris en 1814,* tableau dont je vous ai déjà parlé à propos de la place de Clichy, *le Passage du pont d'Arcole, la Bataille de Fontenoy, la Prise de la Smala d'Abd-el-Kader, le Soldat laboureur, Abraham renvoyant Agar, Rébecca offrant à boire à Éliézer,* et de fort beaux portraits, entre autres celui du frère Philippe, supérieur des frères des Écoles chrétiennes, mort dans ces dernières années.

Horace Vernet excellait à grouper autour d'une action importante ou d'un personnage principal les divers épisodes d'une bataille, à ranger les corps de troupe, à les faire manœuvrer et combattre, à les faire vivre en un mot sous les yeux du spectateur, charmé de tant de force et de tant d'exactitude.

Jean Goujon, né vers 1510 (quelques-uns disent 1520) a été le restaurateur de la sculpture en France. Il prit les anciens pour modèles et mérita d'être appelé *le Phidias français.*

Il appartenait à la religion réformée et fut, dit-on, tué le jour de la Saint-Barthélemi, tandis qu'il travaillait sur un échafaudage aux décorations du Louvre. Il eut pour amis les célèbres architectes Philibert Delorme et Pierre Lescot, et le sculpteur Germain Pilon.

Son chef-d'œuvre est assurément la fontaine des Innocents, où l'on peut remarquer des Naïades de la forme la plus gracieuse; au Louvre, on admire sa *Diane à la biche* et son buste de l'amiral Coligny. Il a couvert de sculptures, pour le connétable de Montmorency, le château d'Écouen, œuvre de son élève Bullant, et pour Diane de Poitiers, le château d'Anet.

Outre les sculptures du vieux Louvre, on lui doit aussi celles du célèbre hôtel Carnavalet, habité au xviie siècle par madame de Sévigné, et affecté depuis quelques années à un musée municipal.

Jacques-Ange **Gabriel** est un illustre architecte dont je vous ai déjà parlé, mes enfants, à propos de la place de la Concorde. Né à Paris en 1710, il était fils d'un architecte à qui Nantes, Rennes, Bordeaux et Dijon doivent une part importante de leurs monuments, et qui lui a donné les premières notions de son art.

Gabriel travailla d'abord au Louvre, et restaura ensuite la cathédrale d'Orléans, en conservant à ce monument, malgré le faux goût du temps, son vieux caractère gothique; les Orléanais le soutinrent énergiquement dans cette circonstance, en exigeant que le nouvel édifice reproduisît exactement l'aspect de l'ancien.

Il construisit la salle de spectacle du palais de Versailles, occupée aujourd'hui par le Sénat, le château de Compiègne, l'École militaire, augmentée depuis de deux ailes, et enfin les deux palais de la place de la Concorde, son chef-d'œuvre.

Outre le projet d'ensemble de cette place et son entourage grandiose, on doit à Gabriel le plan du Pont Royal, plan fait en collaboration avec le célèbre Mansart et mis à exécution par un religieux dominicain, François Romain.

Gabriel est mort en 1782, et son nom a été donné à la charmante avenue sur laquelle s'ouvrent les jardins des beaux hôtels de la rue du Faubourg Saint-Honoré.

Charles **Percier** est né à Paris en 1764 et est mort en 1840. C'était l'ami et le collaborateur d'un autre architecte également célèbre, *Fontaine*, avec qui il a fait le monument expiatoire de Louis XVI et le petit arc de triomphe du Carrousel.

C'est à Percier que l'on doit le grand escalier du Louvre, et la restauration, faite sous le règne de Louis-Philippe, de la plupart des résidences royales. Il était membre de l'Institut, et a publié, avec Fontaine, d'importants ouvrages sur l'architecture.

La plupart des voies publiques qui portent les noms des huit littérateurs et des neuf artistes dont je viens de vous dire la vie, sont, mes enfants, des voies nouvelles; je puis vous citer, à titre d'exemples, les rues Velasquez, Murillo, Van Dyck, Rembrandt, Ruysdaël et de Vigny, qui ont été créées sur les terrains distraits du parc Monceaux, lors de la transformation dont ce parc a été l'objet en 1860.

Je note cependant une indication précieuse au sujet de l'hôtel qui porte le n° 2 sur l'avenue Montaigne : il a été habité, successivement, par la célèbre madame Tallien, à l'influence de qui la France a dû la fin du régime de la Terreur, et par une tragédienne, moins grande que ne fut Rachel, mais justement estimée de ses contemporains, mademoiselle Raucourt.

CHAPITRE XXV.

LES PRINCES ET PRINCESSES. — LES COURTISANS ET LES MINISTRES. — LES ADMINISTRATEURS DE PARIS.

Un volume ne me suffirait pas, mes enfants, si je prétendais vous donner une notice même abrégée sur chacun des princes ou princesses dont on retrouve le nom dans les rues du VIIIᵉ arrondissement. Je me bornerai donc à quelques explications très-sommaires, rappelant avant tout les circonstances qui ont déterminé le choix de ces noms.

Le nom de **François Iᵉʳ**, qui a régné sur la France de 1515 à 1547, a été donné à une place formée par la rencontre des rues Bayard et Jean-Goujon, tout près de la petite maison de Moret dont je vous ai parlé et qu'on appelle à tort maison de François Iᵉʳ, puisqu'elle a été construite en 1572; une large et belle rue, ouverte récemment dans le voisinage, a reçu le même nom.

La *rue de Provence*, tracée à la fin du siècle dernier sur l'égout couvert qui a remplacé le ru de Ménilmontant, porte le nom du **comte de Provence**, frère de Louis XVI, qui a régné plus tard sous le nom de Louis XVIII.

Le nom de *rue des Écuries-d'Artois* rappelle les écuries que s'était fait construire au faubourg du Roule un autre frère de Louis XVI, le **comte d'Artois**, qui a régné après Louis XVIII sous le nom de Charles X, et que la Révolution de 1830 a renvoyé une seconde fois en exil.

Deux rues voisines, ouvertes comme la précédente en 1778 sur les terrains du comte d'Artois, ont reçu les noms des deux fils de ce prince, le *duc d'Angoulême* et le **duc de Berry**. L'une de ces rues a continué de porter le nom de ce dernier prince, excepté de 1848 à 1850, époque à laquelle on l'appelait *rue de la Fraternité*. Il n'en est pas de même de l'autre rue qui a quitté définitivement le nom de rue d'Angoulême, d'abord pour celui *de la Charte*, puis pour celui *de l'Union*, et enfin pour celui de Morny.

La *rue d'Anjou-Saint-Honoré*, ouverte au XVIe siècle, a été nommée ainsi en l'honneur du **duc d'Anjou** qui fut roi de Pologne pendant quelque temps, et qui monta ensuite sur le trône de France sous le nom de Henri III.

Les *avenues Joséphine* et *de la Reine-Hortense*, sont des avenues nouvelles, ouvertes sous le second empire ; les noms qu'elles portent sont ceux de deux princesses de la famille Bonaparte.

La première, **Joséphine** *Tascher de la Pagerie*, veuve du général Alexandre de Beauharnais, épousa le général Bonaparte, qui la fit bientôt asseoir à ses côtés sur son trône impérial, et qui l'en fit descendre, par un divorce, en 1810.

La seconde, **Hortense** *de Beauharnais*, est la fille de

Joséphine, épouse de Louis-Bonaparte, frère de Napoléon et roi de Hollande pendant quelques années; elle est la mère de Napoléon III.

Le nom *de Penthièvre* rappelle celui d'un comté qui comprenait les villes de Lamballe, Loudéac et Guingamp, et qui formait, avant la réunion de la Bretagne à la France, l'apanage des fils cadets du duc régnant.

Le titre purement honorifique de **comte de Penthièvre** a passé par un mariage, de la famille du comte de Toulouse, fils bâtard de Louis XIV, dans celle des ducs d'Orléans, où il est encore. C'est en l'honneur d'un prince de cette maison, que le nom de Penthièvre a été donné à une rue que sa situation près du grand marais avait fait nommer *chemin Vert*, puis *rue Verte*.

Le souvenir de quelques personnages remarquables se rattache à quelques-unes de ces huit voies publiques.

Au nº 12 de la rue de Berry est morte, en 1831 madame de Genlis, auteur de nombreux ouvrages d'éducation, et gouvernante du prince qui fut plus tard le roi Louis-Philippe. Le nº 26 de la rue de Penthièvre a été habité par l'illustre Américain Franklin et par Lucien Bonaparte, frère du Premier Consul. Le général Lafayette est mort au nº 6 et Benjamin Constant au nº 29 de la rue d'Anjou; au nº 36 de la même rue se trouve l'hôtel de Moreau, que Napoléon donna plus tard à Bernadotte : singulier rapprochement! pour des causes diverses, ces deux généraux français devaient en 1813 combattre, pour ainsi dire dans la même armée, les soldats de leur patrie!

J'arrive maintenant à la série des voies publiques

du VIIIe arrondissement qui doivent leur appellation actuelle à des ministres ou à des courtisans ; c'est quelquefois la même chose.

Je trouve douze noms, qui sont ceux de SAINT-FLORENTIN, D'ANTIN, DE MIROMÉNIL, MOLLIEN, DE BASSANO, PASQUIER, ROY, CORVETTO, MONTALIVET, DE MORNY, BILLAUT et ABBATUCCI.

L. Phélypeaux, comte de **Saint-Florentin**, né en 1705, mort en 1777, était fils du ministre Phélypeaux de la Vrillière, et occupa lui-même pendant 52 ans divers ministères sous Louis XV, qui le créa duc en 1770. L'histoire l'accuse d'avoir montré trop de complaisance pour le monarque et d'avoir abusé des lettres de cachet.

On a donné son nom à une rue dont voici l'histoire : en 1640, ce n'était qu'une impasse, dite *de l'Orangerie*, parce que les maisons qu'on y trouvait servaient à resserrer les orangers des Tuileries. En 1730, elle appartenait moitié au roi, moitié au financier Samuel Bernard. En 1757, il fut décidé qu'on en ferait une rue à constructions symétriques, mais on se borna à déboucher l'ancienne impasse, et on appela la petite rue ainsi formée *rue Saint-Florentin*, en l'honneur du ministre de ce nom, qui s'y était fait bâtir un vaste hôtel au n° 2 : je vous ai dit déjà l'histoire de cet hôtel.

Le duc **d'Antin**, fils du comte de Montespan, vivait de 1665 à 1736. Il était surintendant des bâtiments royaux, lors qu'il fit ouvrir et planter en 1723 l'avenue qui porte son nom.

Il s'était fait remarquer à la cour de Louis XIV, qui pourtant ne manquait pas de courtisans émérites, par son adresse à flatter et même à prévenir les désirs du

roi. On en cite deux exemples fameux : un jour,
Louis XIV, reçu chez le duc d'Antin à Petit-Bourg,
critiqua une allée d'arbres qui masquait la vue de la
Seine : le duc la fit abattre dans la nuit même. Une
autre fois, un massif de la forêt de Fontainebleau n'ayant
pas plu au roi, le duc d'Antin fit scier dans la nuit tous
les arbres du massif, mais sans les faire abattre, et,
conduisant dès le matin Louis XIV devant une fenêtre,
l'invita à ordonner aux arbres mêmes de disparaître ;
le roi consentit à faire ce qu'on lui demandait, et à
l'instant tombèrent devant ses yeux les arbres que ti-
raient des ouvriers cachés dans les taillis !

Hue **de Miroménil**, né en 1723, mort en 1796, était
président du parlement de Rouen lors des persécutions
de Maupeou contre les parlements. Il se lia dans cette
occasion avec Maurepas, qui, devenu premier ministre,
lui confia le poste de garde des sceaux (1774). Il fut
renversé en 1787, lors de l'avénement du ministère de
Brienne : c'était un parlementaire, qui se distingua
toujours par la sagesse et la modération.

François-Nicolas **Mollien**, né à Rouen en 1758, est
mort à Paris en 1850.

En 1789, il était attaché à la ferme générale, et il
remplit pendant la Révolution divers emplois dans
l'administration financière. En 1806, Napoléon le nomma
ministre du Trésor, et il occupa ce poste jusqu'en 1814 ;
il le reprit dans la période dite des Cent-Jours, puis
rentra dans la vie privée.

Napoléon l'avait fait comte ; le gouvernement de la
Restauration, ne voulant pas se priver plus longtemps

de son expérience financière, le fit Pair de France en 1819. Un des nouveaux pavillons du Louvre porte le nom de *pavillon Mollien*.

Hugues *Maret*, né à Dijon en 1763, est mort en 1839. En 1789, il eut l'idée de publier les bulletins de l'Assemblée nationale, et inaugura ainsi le *Moniteur universel*. En 1792, il fut nommé ambassadeur à Naples; enlevé en route par les Autrichiens, il ne recouvra la liberté qu'en 1795.

Il avait eu l'occasion de rendre quelques services au lieutenant d'artillerie Bonaparte; le général Bonaparte s'en souvint et le nomma Secrétaire général des Consuls : lors de l'établissement de l'empire, ce titre fut échangé contre celui de Ministre d'État.

Pour remplir ces fonctions, il dut accompagner l'empereur dans toutes ses campagnes, et il se vit admis aux plus secrètes délibérations : il acquit ainsi une grande influence, qui malheureusement ne fut pas toujours des plus heureuses pour notre patrie. Il fut fait duc **de Bassano** et ministre des affaires étrangères en 1811, puis ministre de la guerre en 1813. Exilé de 1815 à 1820, il se retrouva un instant ministre en 1834.

Bassano, dont il portait le titre ducal, est une ville de la province de Venise, située sur la rivière de la Brenta, et célèbre par une victoire que le général Bonaparte remporta sur les Autrichiens dans sa première campagne d'Italie.

Étienne **Pasquier** est issu d'une famille parlementaire qu'avait déjà illustrée au xvie siècle un jurisconsulte célèbre, dont Cujas avait été le maître.

Celui qui a donné son nom à une partie de l'ancienne rue de la Madeleine est né à Paris en 1767 et est mort en 1862. Il a été successivement, sous l'empire, Maitre des requêtes, Conseiller d'État et Préfet de police ; sous les Bourbons, Garde des sceaux, Président de la Chambre des députés, Ministre des affaires étrangères, Pair de France.

En 1830, il fut nommé Président de la Chambre des Pairs, et en 1837, Chancelier de France ; le roi Louis-Philippe le créa duc en 1844.

Le duc Pasquier est le dernier qui ait occupé le poste si élevé de Chancelier de France ; depuis 1848, cette dignité n'existe plus dans notre organisation politique.

Il avait été admis à l'Académie française en 1842, à cause de la forme élégante de ses nombreux discours.

Antoine **Roy**, né à Savigny (Haute-Marne) en 1764, est mort en 1847.

Il fut d'abord avocat au Parlement de Paris, et pendant la Révolution disputa, avec succès quelquefois, des victimes à l'échafaud. Sous l'Empire, il se livra à d'importantes exploitations qui lui donnèrent une très-grande fortune.

Membre de la Chambre des députés de la Restauration, il fut, de 1816 à 1819, le rapporteur des lois de finances ; et montra une capacité telle qu'on l'appela bientôt à occuper le poste si difficile de Ministre des finances (1819-1822).

L'avénement de M. de Villèle le fit tomber du pouvoir ; nommé comte et Pair de France, il continua d'appartenir à la fraction libérale qui l'avait poussé au ministère. Il n'y revint qu'un instant, avec M. de Martignac, en 1828, et après la révolution de 1830, rentra dans la vie privée, s'occupant d'affaires jusqu'à son dernier jour.

Louis-Emmanuel **Corvetto** naquit à Gênes en 1758 et mourut en 1822.

Avocat distingué, partisan de la Révolution française, il devint Président du Directoire de la République ligurienne, établie à Gênes en 1797. Lors de la réunion de son pays à la France (1805), Napoléon le nomma Conseiller d'État, et, en cette qualité, il prit part à la rédaction du code de commerce et du code pénal.

L'Empire l'avait fait comte en 1809 ; la Restauration le fit Ministre des finances en 1815, à cause de sa réputation de grande habileté unie à la probité la plus sévère. Sa part était certainement la plus lourde dans le gouvernement : comme de nos jours, mais dans de moindres proportions, il lui fallait trouver l'argent nécessaire pour payer une forte indemnité de guerre et libérer le territoire de l'occupation étrangère.

Il y pourvut au moyen des deux grands emprunts de 1816 et 1817 ; mais il fut l'objet d'accusations qui le blessèrent d'autant plus profondément que, entré pauvre aux affaires, il demeurait pauvre au milieu des fortunes qu'il voyait chaque jour s'élever autour de lui. Dégoûté de la vie publique et sentant sa santé ébranlée, il résigna volontairement ses fonctions en 1818, et eut précisément pour successeur M. Roy, dont je vous ai dit la vie il n'y a qu'un instant.

J.-P. *Bachasson*, comte de **Montalivet**, naquit à

Sarreguemines en 1766. Conseiller au Parlement de Grenoble, il perdit sa charge à la Révolution, et, voyant la France menacée sur toutes ses frontières par la coalition européenne, s'engagea comme volontaire.

Valence le prit pour maire en l'an III. Sous le Consulat et l'Empire, il fut successivement Préfet de la Manche et de Seine-et-Oise, directeur des ponts et chaussées (1806), Ministre de l'intérieur (1809-1814). Il fut appelé à la pairie en 1819, et mourut en 1823, laissant un fils qui a été comme lui ministre et pair de France, et qui a rempli pendant longtemps les fonctions d'intendant de la liste civile du roi Louis-Philippe.

Charles-Auguste-Louis-Joseph, comte, puis duc **de Morny**, est né à Paris en 1811, et y est mort en 1865. Après avoir passé quelques années au service militaire, il se tourna en 1838 vers l'industrie, et le département du Puy-de-Dôme, d'où la famille qui lui avait donné son nom était originaire, ne tarda pas à l'envoyer à la Chambre des députés.

En 1849, il devint le conseiller le plus intime et le plus influent du prince Louis-Napoléon Bonaparte : ce fut lui qui prépara et qui accomplit, en qualité de Ministre de l'intérieur, le coup d'État du 2 décembre 1851, qui devait faire du Président de la République l'empereur Napoléon III.

M. de Morny a terminé sa carrière politique comme Président du Corps législatif, et il a montré en toute occasion les ressources d'un esprit souple et facile.

Auguste-Adrien-Marie **Billault**, né à Vannes en 1805, est mort en 1863. On le vit de 1837 à 1848, avocat distingué et député libéral ; après le 2 décembre 1851,

il présida le Corps législatif et contribua au rétablissement de l'Empire. Depuis lors jusqu'à son dernier jour,
il appliqua ses talents oratoires à la défense de la
politique impériale.

Le nom d'**Abbatucci** a été porté par trois célé-
brités corses, savoir : *Jacques-Pierre Abbatucci*, qui
a combattu d'abord, puis servi les Français, et que
Louis XVI a fait maréchal de camp (1726-1812); —
Charles Abbatucci, fils du précédent, officier d'artillerie,
général de division à 27 ans, tué en défendant vaillam-
ment Huningue contre les Autrichiens (1770-1796); —
enfin *Charles Abbatucci*, neveu du général, né en 1791,
devenu Ministre de la justice sous Napoléon III et
mort dans l'exercice de ces fonctions en 1857.

Parmi les douze voies publiques dont je viens, mes
enfants, de vous faire connaître les parrains, je trouve
d'abord deux rues et une avenue de formation assez
ancienne, l'avenue d'Antin et les rues Saint-Florentin et
de Miroménil, au sujet desquelles je vous ai déjà dit ce
qu'il y avait à dire. Je trouve ensuite trois rues nouvellement ouvertes, l'une, la rue de Bassano, sur les
terrains de l'ancien hospice de Sainte-Périne, les autres
sur l'emplacement de l'abattoir du Roule, autour de
l'élégant marché de l'Europe récemment édifié; ce
sont les rues Mollien et Corvetto.

Quant aux six dernières, elles n'ont pas toujours
porté le nom sous lequel on les désigne depuis une
dizaine d'années; ainsi, la rue Abbatucci n'est qu'un
tronçon de la vieille *rue de la Pépinière*, et la rue
Pasquier, une fraction de l'ancienne *rue de la Made-*

leine; la rue de Morny s'est appelée, je vous l'ai déjà
dit, *rue de l'Union* ou *d'Angoulême-Saint-Honoré*; la
rue Montalivet portait autrefois le nom de *rue du Mar-
ché-d'Aguesseau,* ayant été ouverte sur l'emplacement
primitif du marché, la rue Roy n'est autre que l'ancienne *rue Saint-Jean-Baptiste;* et enfin la rue Billault
avait pris à son origine le nom de *rue de l'Oratoire du
Roule,* parce qu'elle avait été ouverte sur des terrains
appartenant à la congrégation des Oratoriens.

Il n'y a rien à signaler au sujet de ces diverses rues,
si ce n'est qu'au n° 40 de la rue de Morny est mort, en
1854, un célèbre marin, l'amiral Baudin, et qu'on peut
voir encore au n° 2 de la même rue le magnifique
hôtel qui fut construit, au siècle dernier, pour une
actrice fameuse de la Comédie-Française, mademoiselle
Contat.

Je terminerai enfin, mes enfants, cette longue série de
notices biographiques par la vie de trois hommes, dont
le nom a été donné à des voies publiques du VIII° arrondissement, parce qu'ils ont administré la Ville de Paris:
l'un en qualité de Lieutenant général de police, et les
deux autres comme Préfets du département de la Seine.

La famille *Voyer* **d'Argenson**, originaire de la Tou-
raine, a fourni à la France plusieurs hommes d'État,
dont voici les plus connus :

René d'Argenson, né en 1596, magistrat au Parlement de Paris, intendant d'armée au siége de la Rochelle
(1629), intendant de justice à l'armée du Dauphiné (1630),
surintendant du Poitou, et enfin ambassadeur à Venise,
se fit prêtre dans cette ville et y mourut en 1651.

14

René, comte d'Argenson, fils du précédent, né en
1623, mort en 1700 : d'abord associé, sous le ministère
du cardinal Mazarin, aux travaux diplomatiques de son
père, il fut nommé en 1651 ambassadeur près de la
république de Venise, en remplacement de son père
entré dans les ordres; il quitta Venise en 1656 pour
remplir diverses autres missions, dont il s'acquitta
d'ailleurs avec succès, mais à son retour en France (1670),
il déplut au jeune roi Louis XIV par la sévérité de ses
principes et l'austérité de ses mœurs, et il vécut dans
la retraite jusqu'à sa mort.

Marc René, comte d'Argenson, fils de l'ambassadeur,
naquit à Venise en 1652, et fut à sa naissance honoré
du titre de filleul de la République vénitienne. C'est
celui-là dont le nom a été donné à une rue ouverte,
il y a quelques années, en prolongement de la rue
Cambacérès; je ne dois donc pas craindre de donner
trop de détails sur sa vie publique.

En 1697, il devient Lieutenant général de police; en
1715, Président du Conseil de l'intérieur; en 1718, Garde
des sceaux et Président du Conseil des finances. Mais,
prévoyant les désastres que devait amener le système
financier de Law, il s'y oppose comme avait fait d'Aguesseau, son prédécesseur, et, de même que lui, donne sa
démission en 1720 : il mourait un an après (1721). Il
était membre titulaire de l'Académie française et membre honoraire de l'Académie des sciences.

Sa descendance a fourni quelques hommes distingués :
l'un de ses fils, diplomate et ministre des affaires étrangères, a compté parmi les philosophes de son temps

et a été l'ami de Voltaire; l'autre a été Lieutenant de police comme son père, puis Ministre de la guerre : c'est à lui que l'on doit la création de l'École militaire. Enfin, un de ses petits-fils a été successivement aide de camp du général Lafayette, Préfet du département des Deux-Nèthes (Anvers) jusqu'en 1813, et député sous la Restauration.

Je vous ai dit, mes enfants, que Marc-René d'Argenson fut élevé au poste de Lieutenant général de police en 1697; il l'occupa pendant 18 ans.

La Reynie, son prédécesseur, avait organisé la police civile; il organisa la police politique : il donna à cette partie de son service des proportions qu'elle n'avait pas eues encore, en multipliant le nombre des agents secrets, et en créant les terribles lettres de cachet, au moyen desquelles un homme pouvait être, pour le reste de sa vie, enfermé sans jugement à la Bastille, et qui firent tant de mal à la monarchie.

Sévère, dur, despote même, d'Argenson montra en des occasions difficiles beaucoup d'énergie; sa figure, dit un historien, inspirait l'épouvante et convenait parfaitement à la sévérité de ses fonctions.

Malgré le grand nombre de ses nouveaux agents, il ne put réussir à arrêter les désordres que causait un fameux chef de brigands, nommé Cartouche, qui, à force de ruses, échappait à toutes les poursuites, et qui, par ses vols et ses meurtres, jetait l'effroi dans l'esprit de tous les Parisiens. La gloire d'arrêter ce brigand fut réservée au successeur de d'Argenson : Cartouche fut enfin pris dans un cabaret, condamné à mort et roué vif en 1721.

Si l'on doit à d'Argenson ce mauvais instrument de gouvernement qu'on appelait les lettres de cachet, on lui doit aussi une mesure éminemment utile, destinée à combattre les incendies.

En 1705, le feu ravagea tout un quartier, après avoir détruit presque entièrement l'église du Petit-Saint-Antoine. Dans cette circonstance, on vit un certain *Dumouriez* employer une pompe qu'il avait construite d'après un modèle vu par lui en Hollande. D'Argenson comprit tout ce qu'on pouvait obtenir de l'emploi combiné de plusieurs pompes de ce genre, et il en acheta immédiatement 20 qu'il distribua dans les 20 quartiers composant Paris à cette époque.

Son successeur en acheta 16 autres, ce qui faisait 36, et chargea de leur manœuvre des hommes commis à cet effet. Cependant six ans après, en 1722, on ne retrouvait plus que 13 de ces engins, et encore n'étaient-ils pas tous en bon état : une ordonnance royale ordonna l'achat de 16 nouvelles pompes et la formation d'un corps de 60 hommes vêtus d'uniformes pour en faire le service.

Telle fut l'origine de l'utile établissement des pompes à incendie et du corps des sapeurs-pompiers.

Il existait depuis 1788, près de la rue de la Pépinière, une rue appelée *rue des Grésillons* : on donna à cette rue, en 1837, le nom de M. **de Laborde**, qui avait été Préfet de la Seine.

Le comte Alexandre de Laborde est né à Paris en 1773; il était fils d'un riche financier espagnol qui s'était établi en France et qui avait été anobli pour ses

services, mais qui périt en 1794 sur l'échafaud révolutionnaire.

Alexandre de Laborde, ayant accompagné en Espagne
Lucien Bonaparte, ambassadeur près du roi Charles IV,
visita avec soin ce pays et publia à son retour un magnifique ouvrage qui établit sa réputation : *Voyage pittoresque et historique de l'Espagne.* Il fut sous l'Empire
attaché au Conseil d'État, et, en 1814, il prit part à la
capitulation de Paris comme adjudant-major de la garde
nationale. Élu député en 1822, plusieurs fois réélu depuis, il contribua à la révolution de 1830, et en fut récompensé par le poste de Préfet de la Seine, qu'il ne
put garder qu'un an environ, l'administration n'étant
guère son fait.

Rentré dans la vie privée, il s'occupa d'œuvres littéraires ou philanthropiques, et mourut en 1842, membre
de l'Académie des inscriptions et belles-lettres et de
l'Académie des sciences morales et politiques. Outre
son voyage en Espagne, on lui doit d'autres ouvrages
fort importants, tels qu'un *Voyage pittoresque en Autriche* et un livre intéressant sur *les monuments de la
France.*

Il a laissé un héritier de son nom qui a continué
avec succès ses recherches sur l'histoire de l'art et qui
a publié des voyages en Arabie Pétrée, en Asie Mineure
et en Syrie.

Si l'on a donné, mes enfants, à une rue de Paris le
nom d'un préfet qui a si peu travaillé à l'embellissement de la ville et qui n'a, pour ainsi dire, laissé
aucune trace de son passage à l'Hôtel de Ville, que ne

14.

devait-on pas faire pour l'homme qui a si profondément
modifié l'aspect de Paris, de 1854 à 1869?

Il ne faut donc pas s'étonner outre mesure qu'on
ait donné dès 1865 au boulevard qui fait suite à l'avenue de Friedland et qui passe au pied du nouvel Opéra,
le nom de M. **Haussmann**, Préfet de la Seine sous le
second empire? Peut-être, cependant, eût-il mieux valu
laisser à la postérité le soin de décerner à M. Haussmann cet hommage public, et s'abstenir de glorifier de
son vivant et quand il était encore en place, un fonctionnaire dont l'œuvre, si grande qu'elle soit, est vive-
ment discutée, sous le rapport financier du moins.

L'œuvre de M. Georges-Eugène Haussmann est en
effet immense; presque toutes les modifications qu'a
subies le VIII⁰ arrondissement et dont je vous ai entretenus en leur temps, sont dues à son administration.
C'est lui qui a présidé à l'agrandissement de Paris en
1860; qui a fait exécuter dans tous les quartiers de la
ville ces grands boulevards, ces belles avenues, ces jardins et ces parcs, ce réseau d'égouts enfin, qui ont fait
de Paris la plus belle et la plus saine des capitales de
l'Europe.

CONCLUSION.

Ici s'arrêtent, mes enfants, les notices biographiques qui devaient compléter les souvenirs historiques du VIIIᵉ arrondissement. Ma tâche est donc achevée.

Cependant, avant de vous quitter tout à fait, je voudrais vous dire qu'en écrivant pour vous l'histoire de cet arrondissement, je me donnais à moi-même le plaisir de passer en revue mes plus belles années, celles où j'avais votre âge. Il n'est pas en effet un quartier de cet arrondissement que j'aie pu vous décrire sans me répéter à moi-même ce vers de la fable des *Deux Pigeons* :

J'étais là, telle chose m'advint!

Qu'il me soit donc permis de finir ce travail par quelques souvenirs personnels; il s'y mêlera, par ci par là, quelque souvenir historique.

Élève d'une pension, fameuse en son temps, qui était située au nº 47 de l'ancienne rue de la Pépinière et qu'il serait inutile de chercher aujourd'hui dans la rue Abbatucci, combien de fois n'ai-je point parcouru, le matin pour me rendre à cette pension, et le soir pour en revenir, la plaine élevée de Monceaux, qu'a vivifiée

le percement du boulevard Malesherbes, m'arrêtant
trop souvent et trop longtemps même, pour suivre les
exercices du régiment logé dans la caserne voisine?

Il y avait alors dans la division des grands un élève
qui nous étonnait beaucoup, nous autres petits, par
son air sérieux et réfléchi. A peu de temps de là, il
inaugurait ses succès littéraires par le prix d'honneur,
et l'Académie française l'admettait dans son sein à un
âge où les hommes débutent seulement! C'est sans
doute que PRÉVOST-PARADOL ne devait pas jouir d'une
longue existence, et que la mort devait l'enlever, fort
jeune encore, aux lettres dont il était l'honneur!

Et cette rue de la Pépinière que je viens de nommer,
dans quel sens ne l'ai-je pas suivie?

C'était, le dimanche matin, pour aller à Saint-Philippe
du Roule, et plus tard à la petite chapelle de bois,
provisoirement installée derrière la caserne, en attendant
la construction de l'église Saint-Augustin.

C'était, le jeudi, pour aller en promenade: prenant
toujours le même chemin, mettant les pieds sur les
mêmes pavés, nous nous rendions, quelquefois au Jardin des Plantes, plus souvent au Bois de Boulogne, qui
n'avait pas alors les allures de parc qu'on lui a données
depuis, et qui n'était pas loin d'offrir quelque ressem-
blance avec une forêt vierge.

C'était enfin, pour aller quatre fois par jour, avec la
régularité d'une horloge, de la pension au lycée et
du lycée à la pension : nous suivions en effet les
classes du lycée que vous pouvez encore voir dans la
rue du Havre, de ce lycée qu'on appelait alors *Lycée*

Bonaparte, et auquel on a donné successivement les noms de *Bourbon*, *Condorcet* et *Fontanes!*

Là, j'ai eu l'honneur d'apprendre l'histoire avec un élégant écrivain qui est de l'Académie française aujourd'hui, et, singuliers hasards de la destinée! il m'a été donné d'entendre sous la coupole de l'Institut, le jour de sa réception, mon ancien professeur, CAMILLE ROUSSET, prononcer l'éloge de cet élève de ma pension que je vous nommais tout à l'heure, de PRÉVOST-PARADOL dont il venait occuper le fauteuil!

Depuis que j'ai quitté les bancs où vous êtes encore assis, mes enfants, j'ai vécu dans d'autres quartiers de Paris, mais je n'ai jamais cessé de m'intéresser à celui que j'ai connu d'abord, et en écrivant ces souvenirs, j'ai eu peu de peine à me persuader que j'étais encore un habitant du **VIIIe arrondissement!**

FIN.

TABLE DES MATIERES

15

Chapitre XXIV.

Les poëtes, écrivains et orateurs. — Les artistes : peintres, sculpteurs et architectes.

Chapitre XXV.

Les princes et princesses. — Les courtisans et les ministres. — Les administrateurs de Paris.

CONCLUSION.

FIN DE LA TABLE DES MATIÈRES.

IMPRIMERIE CENTRALE DES CHEMINS DE FER. — A. CHAIX ET Cⁱᵉ,
RUE BERGÈRE, 20, A PARIS. — 1844-7.